DATE DUE

SL IL

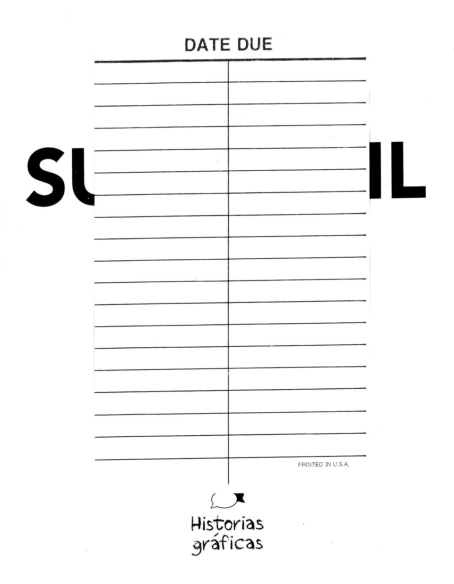

Historias
gráficas

J
GRAPHIC
NOVEL
BRUNNER,
M.

Agradezco especialmente a Sebastian Kings, Sarah Jacques, Clayton Kober, Lauryn Danae, Kristin Psinakis, Clayton Wood, Christopher Ruiz y Michael Sanchez

SUPERFAIL

Título original: *Superfail*
© 2017 Gary Brunner (texto)
© 2017 Dustin Mackay (ilustraciones)

Originalmente publicado en 2017 en Estados Unidos por Running Press Kids, una marca de Perseus Books, LLC., subsidiaria de Hachette Book Group, Inc.

Diseño de portada e interiores: Frances J. Soo Ping Chow y Dustin Mackay
Traducción: Alfredo Villegas

D.R. © Editorial Océano, S.L.
Milanesat 21-23, Edificio Océano
08017 Barcelona, España
www.oceano.com

D.R. © Editorial Océano de México, S.A. de C.V.
Eugenio Sue 55, Polanco Chapultepec
Miguel Hidalgo, 11560, Ciudad de México
www.oceano.mx • www.oceanotravesia.mx
Primera edición: 2018

ISBN: 978-607-527-497-3

Depósito legal: B-10403-2018

Para todos los que alguna vez se sintieron "defectuosos"

CAPÍTULO
UNO

YO (O SEA, MARSHALL)

Odio mis superpoderes.

Eso de volar por la ciudad a toda velocidad y echar rayos con
los ojos puede sonar fabuloso, pero créeme, no lo es. Al menos no para mí.
Mis superpoderes son más bien una supermolestia.

Así me veo tratando de usar mi visión láser.

GATO FRITO

MI OBJETIVO

Sí, echar rayos por los ojos sería un poder genial...
¡si no fuera bizco!

Cuando mis papás se enteren de que dejé frito al gato del vecino, seguro me echan mínimo quince años de encierro en mi cuarto. Al menos, cuando salga, estaré musculoso: todo mundo sabe que lo único que puedes hacer en prisión es levantar pesas. Seguro también me sale una barba genial.

BARBA GENIAL

MÚSCULOS

Quizá se pregunten: "¿Por qué no cierras un ojo y disparas tu láser bueno? Eso debería funcionar, ¿no?"

¡Error!

Resulta que los párpados no pueden detener un láser de alto poder, ¿puedes creerlo?

Lo peor es que soy bizco, aunque no use mis poderes. Tengo unas gafas que me ayudan a ocultar mis ojos, pero los maestros no me dejan usarlas en clase.

QUÍTESE LAS GAFAS, SR. PRESTON. NO ESTAMOS EN LA PLAYA.

¡UY! ¿YA VIERON ESOS OJOS DE LOCO? A LO MEJOR CON UNOS GOLPES EN LA CABEZA SE LE ACOMODAN.

No voy a mentir: si me dejaran usar mis gafas, seguramente me dormiría en clase de Historia. Pero ése no es el punto.

Mi ojo chueco es sólo uno de mis problemas. Hace como un año descubrí que podía volar. Genial, ¿no? Pues no para mí. El primer día que volé también descubrí que padezco un vértigo terrible.

No vuelo a menos que quiera arrojar mi almuerzo por los aires, así que no vuelo. Nunca. Quiero ser famoso por salvar la ciudad, no por bombardearla de vómito.

Así que tengo poderes geniales que nunca puedo usar. ¿Ya ves? Estoy maldito. Y no me ayuda el hecho de tener que soportar un montón más de problemas, como mis hermanas mellizas... ¿o son trillizas? No estoy seguro. La verdad no tengo idea cuántas hermanas tengo porque al menos una de ellas nació con el poder de clonarse.

A mi mamá no le encanta ese poder.

Tampoco es mi favorito.

Al menos su poder funciona como se *supone*. Tengo envidia de mi(s) hermana(s) de dos años. ¿No es patético? Pero me dan mucha más envidia de los chicos de la escuela. Trevor Bretton es un año mayor que yo y obtuvo poderes geniales cuando un meteorito cayó en su casa.

Así que su día de regreso a clases estuvo increíble.

Una semana después, Trevor salvó a la ciudad de un huracán creado por un científico loco, y lo reclutaron de inmediato los héroes más fantásticos de la ciudad: el Superequipo. Los noticieros lo llamaron Superchico y fingieron ignorar su verdadera identidad. ¿En serio? Lo único que hizo fue quitarse los anteojos y ponerse una capa. ¡Hasta mis hermanas sabían que era Trevor y sólo tienen dos años!

Ése ha sido mi sueño de prácticamente toda la vida: salvar la ciudad, que salga mi foto en el periódico y que me reclute un equipo de superhéroes. Así podría mudarme a una casa propia, para que mis hermanas no mastiquen todas mis cosas, y por fin matar zombis en paz.

¿Pero cómo voy a atrapar a un criminal?, ¿vomitándole? Además, lo más parecido que he visto a un delito fue al tío Doug robándose el periódico del vecino.

UN HOMBRE ADULTO CON PIJAMA DE NIÑO, ¡ESO SÍ ES UN CRIMEN!

Y las pocas veces que traté de ayudar con algo simple, empeoré las cosas.

Llega un punto en el que es mejor colgar la capa que seguir friendo mascotas. Por eso abandoné el sueño de ser un superhéroe.

CAPÍTULO
DOS

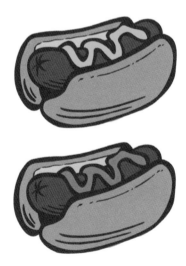

Los viernes, mis padres me hacen deshierbar el jardín de mi abuela. La mayoría de las abuelas son viejitas tiernas que regalan dulces y monedas y lo único que hay que hacer para ganarse el premio es dejarse pellizcar los cachetes. Mi abuela no es de ésas.

El anciano de la casa de al lado es peor. Siempre está regando su jardín, pero no se fija a dónde echa agua.

Como sea, el viernes pasado estaba sacando los botes de basura de mi abuela cuando todo sucedió.

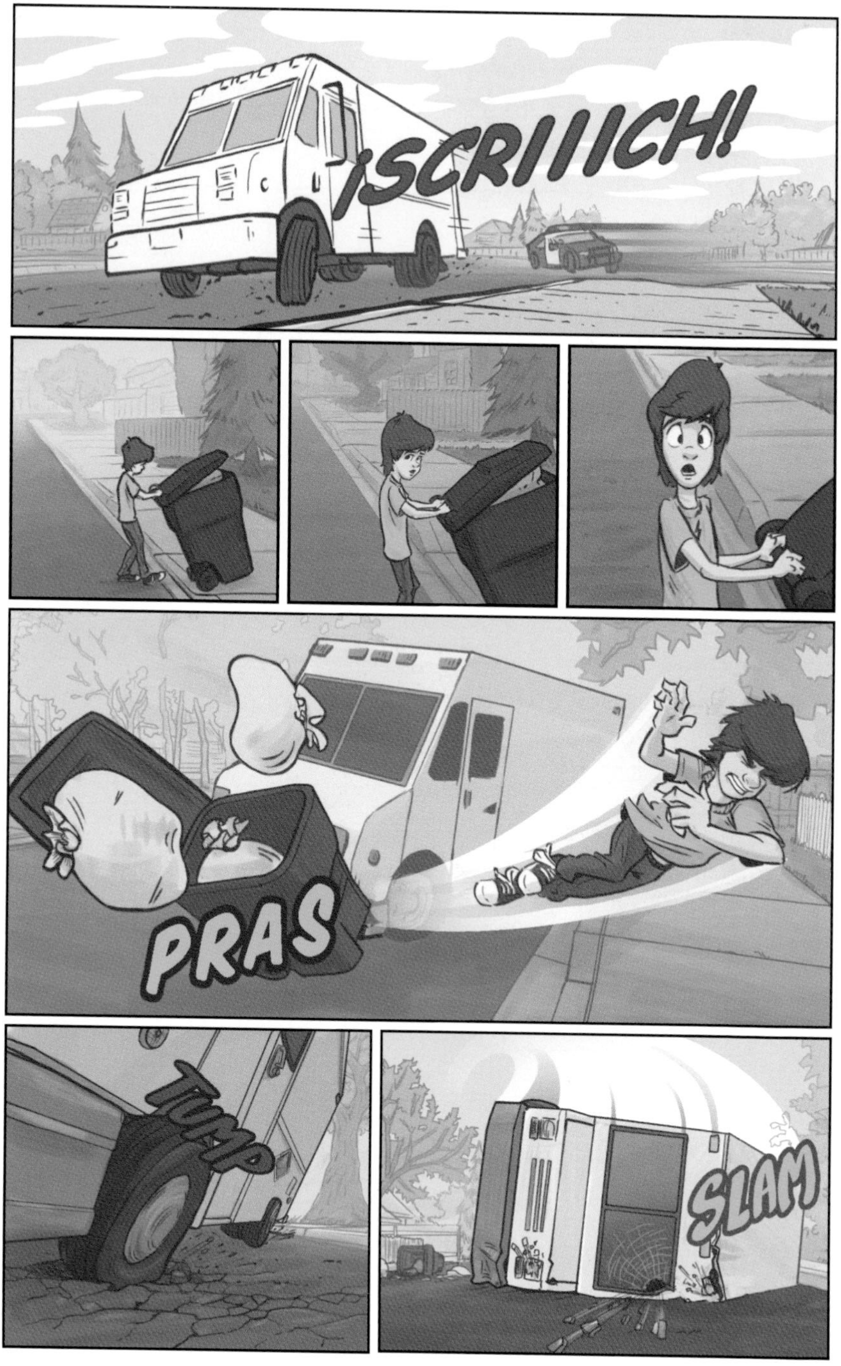
¡SCRIIICH!
PRAS
TUMP
SLAM

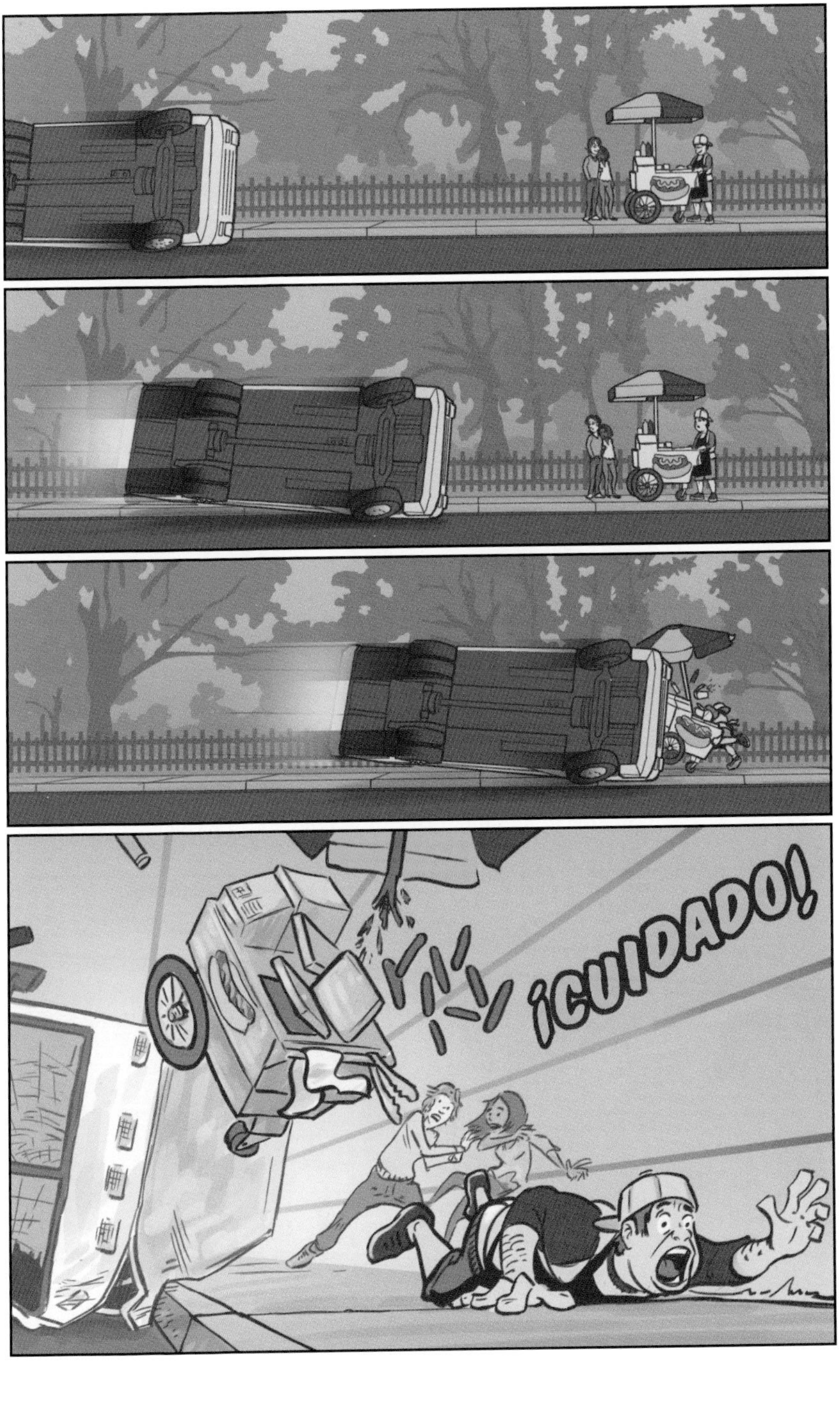
¡CUIDADO!

Varios tipos salieron de la camioneta. Sabía que si intentaba dispararles iba a acabar quemando otra mascota, así que caminé para el otro lado. O bueno, lo intenté. Joey, el soplón más hablador de la escuela, me delató.

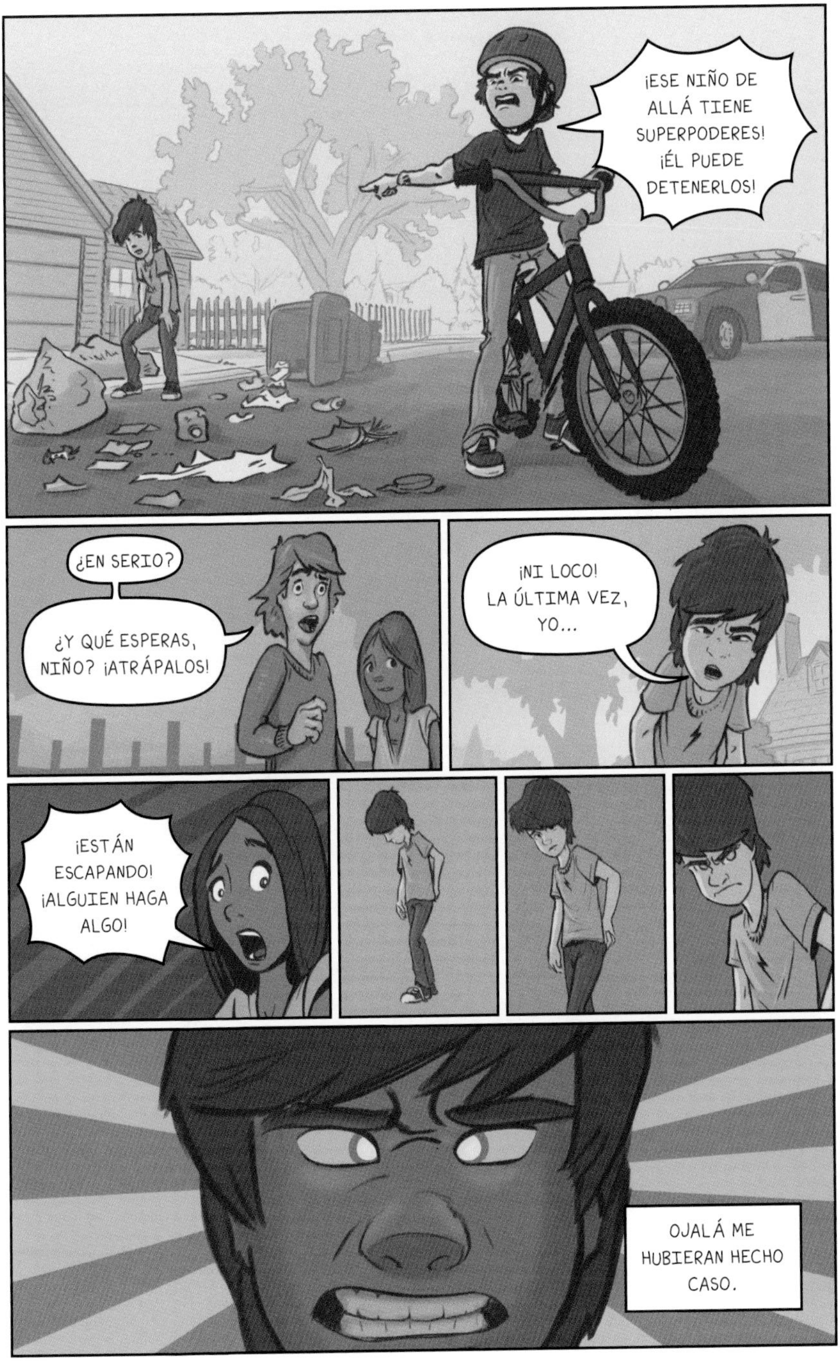
¡ESE NIÑO DE ALLÁ TIENE SUPERPODERES! ¡ÉL PUEDE DETENERLOS!
¿EN SERIO?
¿Y QUÉ ESPERAS, NIÑO? ¡ATRÁPALOS!
¡NI LOCO! LA ÚLTIMA VEZ, YO...
¡ESTÁN ESCAPANDO! ¡ALGUIEN HAGA ALGO!
OJALÁ ME HUBIERAN HECHO CASO.

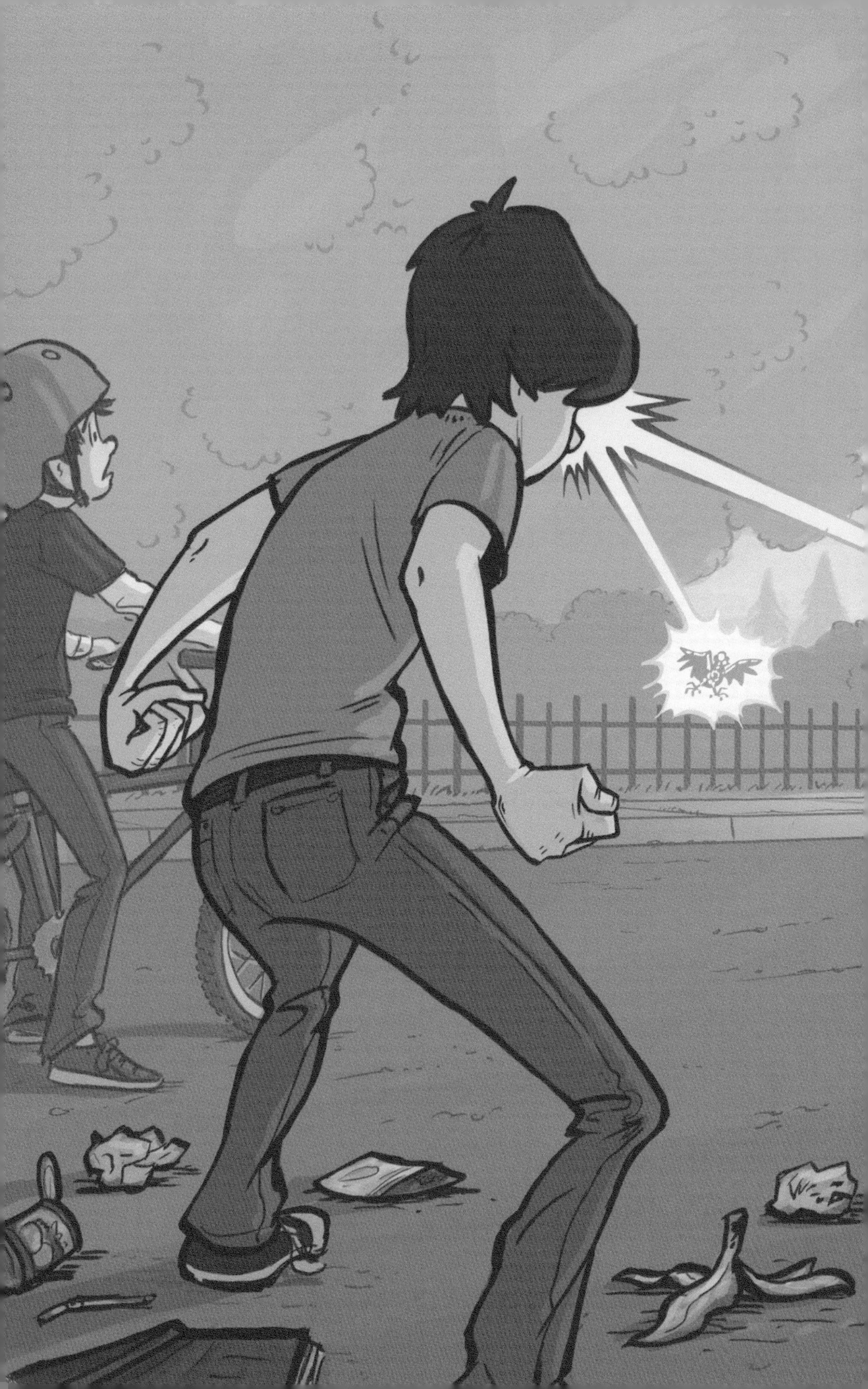

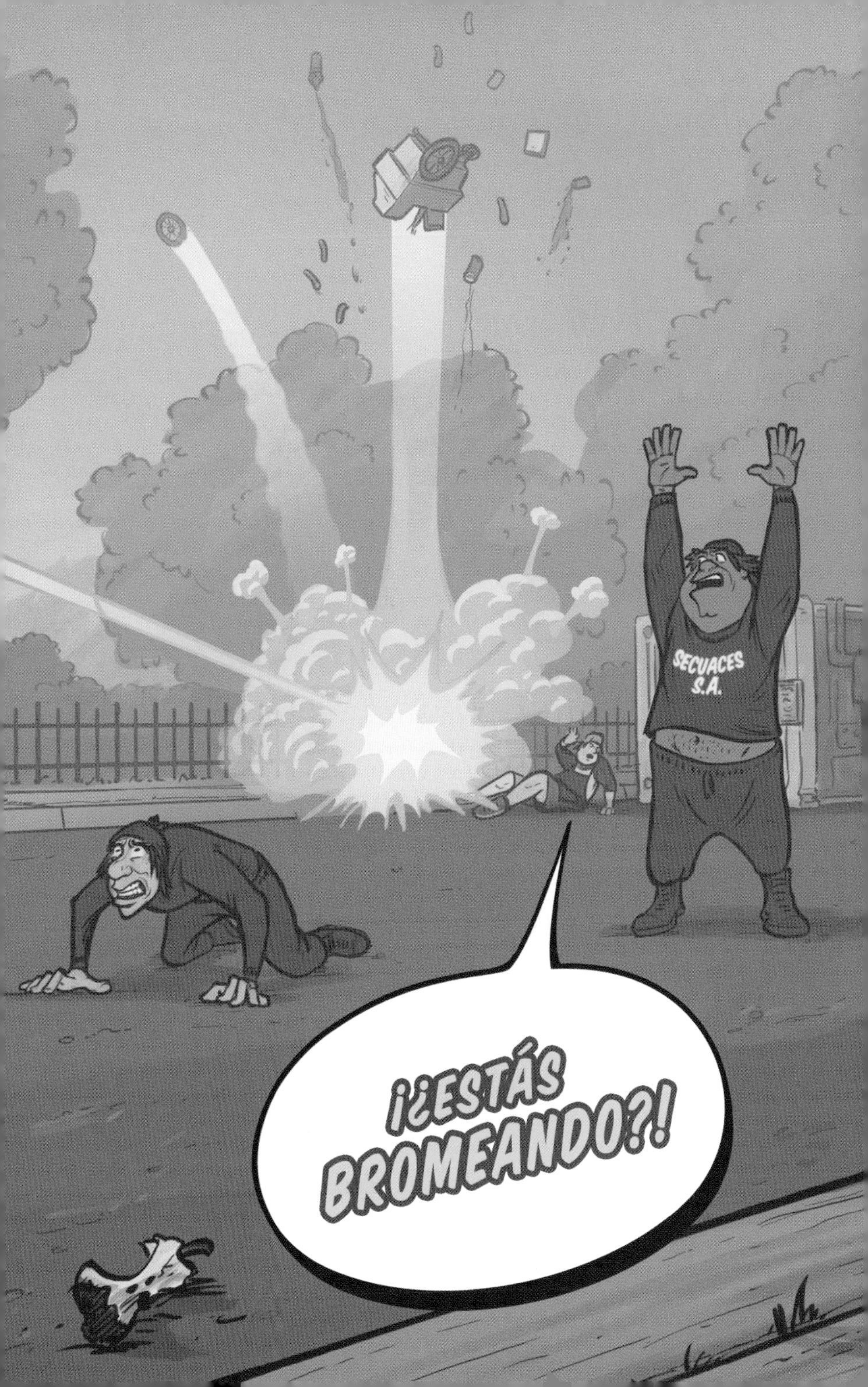
SECUACES S.A.
¡¿ESTÁS BROMEANDO?!

Para empeorar la cosa, los patanes de negro saltaron la barda justo a un lado de mí.

Los policías intentaron seguirlos, pero...

¿Y adivinen quién apareció para salvarnos a todos?

Me sentí aún peor después de eso.

Trevor capturó a los maleantes como en cuatro segundos y, claro, todo mundo lo vitoreó.

Yo debí ser quien atrapara a esos criminales. Y lo habría hecho si mis estúpidos rayos se dispararan derecho. Entonces todos me hubieran vitoreado a *mí*.

Cuando los policías terminaron de tomarse fotos con Superchico, metieron a los maleantes a la patrulla.

Por si no fuera suficientemente malo que mis rayos destruyeran el carrito, Trevor tuvo que aparecerse y humillarme frente a todos. Jamás volvería a usar mis poderes. Nunca.

O eso pensé.

CAPÍTULO
TRES

Cuando iba de regreso, pasé por donde habían escapado los delincuentes y vi un pedazo de papel en el suelo. Debió caérseles. Supongo que todo mundo estaba muy ocupado idolatrando a Trevor para darse cuenta.

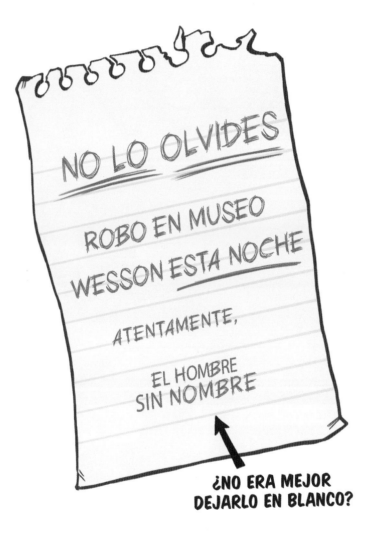

De ningún modo iba a intentar impedir sus planes en el museo, menos después de la humillación que pasé.

Así que me fui a casa y llamé a la policía para que se encargara, pero no iban a hacerle caso a un niño de 12 años con una nota de alguien sin nombre.

Así que atracarían el museo. No me daba gusto pero, ¿qué iba a hacer? Nadie me hacía caso. Además, ¿no era mejor que unos ladrones le robaran unas piezas al museo en vez de que mis rayos quemaran todo el lugar?

Esa tarde veía la tele para olvidarme del asunto cuando salió una noticia.

Aunque odiaba admitirlo, Trevor tenía razón. Los guardias de seguridad del museo estaban en peligro. No podía quedarme sentado y dejar que robaran el lugar si al menos podía intentar detenerlos. Como dijo Trevor, era mi deber, con o sin superpoderes.

Así que nos tocaba a Lewis y a mí evitar que se cometiera un crimen, lo cual era medio patético.

Esperen, aún no he dicho nada de Lewis, ¿verdad? Somos amigos desde hace mucho tiempo, como un año ya. No es el chico más popular de la escuela, pero pues yo tampoco. Me junto con él porque es el único otro chico de mi edad al que todavía le gusta jugar con figuras de acción. Todos los demás se burlan de mí y es muy molesto. El año pasado, casi todos jugaban con figuras de acción y ahora, de repente, todos se volvieron muy cool para ese tipo de cosas.

Pero Lewis no. No tiene nada de cool, pero para mí está bien. Yo tengo otros amigos más en la escuela Lewis no. Nadie más le habla. La verdad es que a veces los entiendo. Para empezar, no es *para nada* listo.

LEWIS

MI CRAYÓN

Y casi nunca dice nada a menos que esté usando sus poderes. Él es un ~~tele teletub~~... eh, Lewis puede leer la mente de otras personas. El problema es que siempre lee en voz alta.

Que es por lo que mi papá se esconde en el sótano cuando Lewis viene a casa. En definitiva, toma tiempo acostumbrarse a él.

Su mamá dice que es un poco diferente porque pasa mucho tiempo en la cabeza de otras personas.

Como habrán adivinado, Lewis y yo no somos los candidatos ideales para el programa de supertalentos, así que nuestras posibilidades de ser seleccionados por un equipo de héroes eran nulas.

Osea, yo hago un desastre cada vez que uso mis poderes, incluso para cosas simples, como usar mis rayos para cortar papel en la clase de Arte.

Si creen que a los nerds los fastidian en la escuela, deberían ver cómo tratan a los defectuosos como Lewis y yo. Así nos dicen a quienes tenemos poderes que no funcionan bien: defectuosos. Golpear a un chico con superpoderes quizá los hace sentirse rudos, aun si los poderes de su víctima no funcionan.

Volviendo al viernes pasado, no sabía si Lewis sería de mucha ayuda contra villanos reales, pero era mi única alternativa. Esa noche armamos una pijamada en su casa para poder escaparnos y detener el robo al museo.

Mis padres nos atraparían si intentábamos escabullirnos de mi casa, en especial después de medianoche, pero la mamá de Lewis estaba en una conferencia y sabíamos que su papá se quedaba dormido frente a la tele, como siempre. Y nada lo despertaba. Nada.

Nos pusimos a trabajar en nuestros disfraces, pero no logramos nada bueno. Al buscar en la ropa de Halloween de Lewis, lo único decente que encontré fue un traje del Zorro.

Era eso o el disfraz de crayón morado que Lewis usaba desde hacía tres años. Así que elegí el del Zorro, lo cual no me encantó. O sea, quería verme como un superhéroe, pero acabé pareciendo un ladrón cualquiera.

Y sólo digamos que ésta era la última vez que dejaba a Lewis diseñar su propio disfraz.

CLO
CLO
CLO

A medianoche salimos por la puerta trasera y llevamos las bicis hasta unas cuadras del museo.

Cuando llegamos, todo parecía estar tranquilo, hasta que fuimos a la parte trasera del edificio.

¡Ahora sí! ¡Un delito de verdad con criminales reales!

¿El problema? No había ningún héroe de verdad para detenerlos, sólo yo y un niño con un guante de hule en la cabeza. Podíamos salir muy lastimados... o volvernos muy famosos, si atrapábamos a estos tipos.

Si deteníamos a los malos, seríamos superhéroes de verdad. Nuestra foto saldría en los periódicos, nos harían montones de entrevistas en la tele, venderían loncheras de nosotros... todo eso. Como el Superequipo.

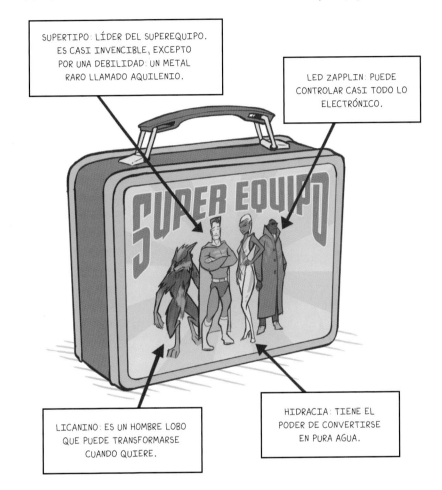

SUPERTIPO: LÍDER DEL SUPEREQUIPO. ES CASI INVENCIBLE, EXCEPTO POR UNA DEBILIDAD: UN METAL RARO LLAMADO AQUILENIO.

LED ZAPPLIN: PUEDE CONTROLAR CASI TODO LO ELECTRÓNICO.

LICANINO: ES UN HOMBRE LOBO QUE PUEDE TRANSFORMARSE CUANDO QUIERE.

HIDRACIA: TIENE EL PODER DE CONVERTIRSE EN PURA AGUA.

Y si Lewis y yo lo lográbamos, seríamos los chicos más populares de la escuela. La gente querría juntarse con nosotros y nos tomaríamos fotos con las porristas. Quizás incluso dejarían de llamarme defectuoso.

Quizás.

CAPÍTULO
CUATRO

Nuestros sueños más delirantes estaban a punto de volverse realidad. Lo único que debíamos hacer era detener a un par de ladrones.

Cuando no hubo moros en la costa, Lewis y yo nos deslizamos por la puerta trasera. Los ladrones estaban cargando cajas en una camioneta cuando se me ocurrió algo: sabía exactamente cómo detenerlos.

Lewis tenía razón, lo que significa que yo tenía razón, porque Lewis leyó en voz alta mi mente. ¿Y si fallaba? Cada vez que disparaba mis rayos daban en el peor blanco posible. Y en un lugar como éste, el peor blanco posible eran muchas cosas.

Podía volverme popular en la escuela por detener un robo, ¡pero no por ser botana de tiburón!

Tal vez podía comenzar mi carrera de superhéroe con algo menos peligroso. Digo, los héroes siempre ayudan a ancianitas a cruzar la calle y cosas así, así que podría empezar con algo simple y esperar que se corriera la voz. Las viejitas siempre me decían que era muy educado y guapo. Quizá si llevaba a algunas a la escuela hablarían bien de mí frente a los reporteros o algo.

Como regla general, siempre prefiero el plan que incluya menos tiburones, así que en vez de intentar atrapar a los ladrones, Lewis y yo nos dirigimos a la salida. Además, el robo ya estaba pasando. Podíamos llamar a la policía y probablemente saldríamos en el periódico de todos modos. Eso sería un inicio decente para un superhéroe.

Íbamos a medio camino hacia la puerta cuando Lewis reveló nuestro escondite.

Lewis sólo se quedó ahí parado, llorando. Admito que no soy el mejor amigo del mundo, pero no lo iba a dejar solo, rodeado de maleantes.

Así que aguanté la respiración y disparé mis rayos.

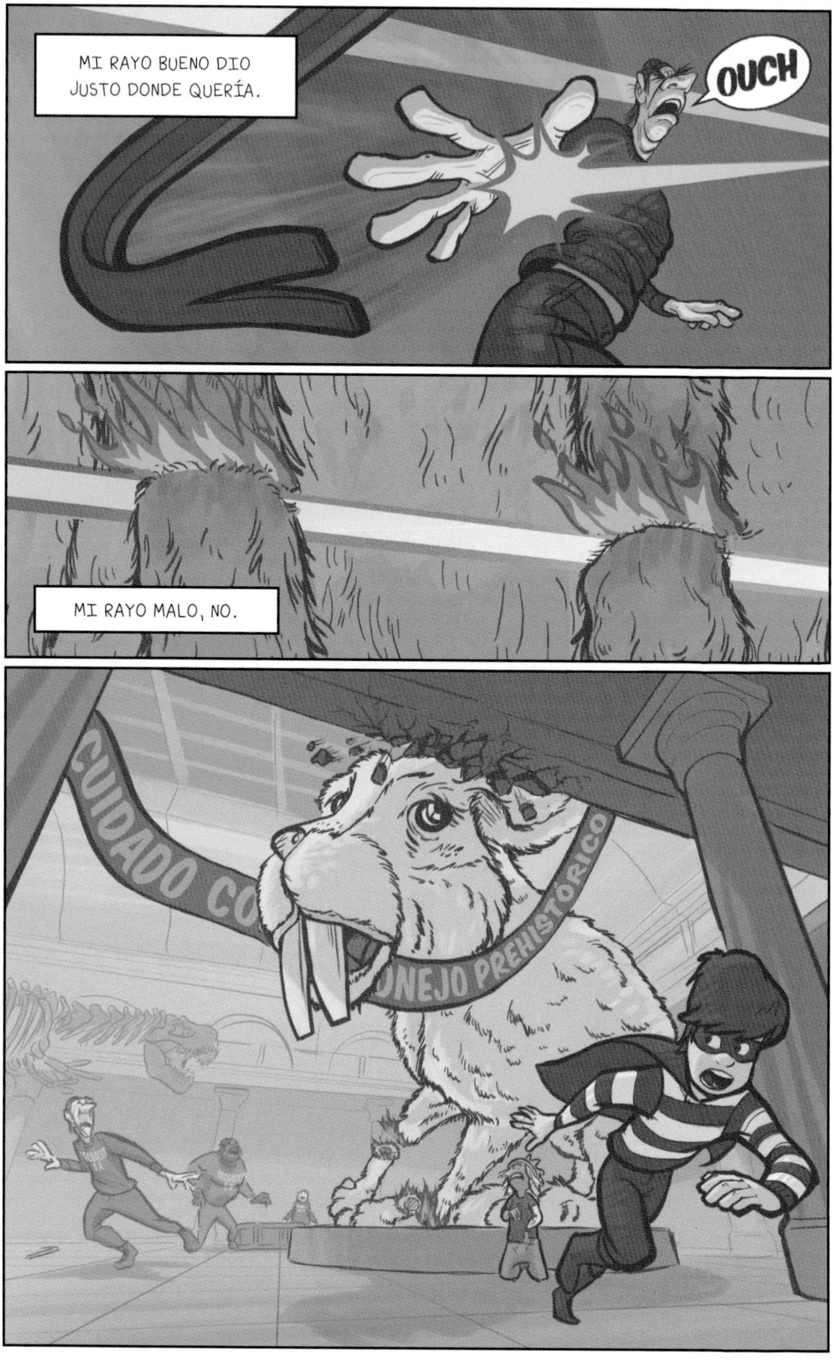
MI RAYO BUENO DIO
JUSTO DONDE QUERÍA.
OUCH
MI RAYO MALO, NO.
CUIDADO CO
NEJO PREHISTÓRICO

Como si dejar escapar a los villanos no fuera lo suficientemente malo, también me tragué un bocado de pelo falso de conejo.

Al menos espero que fuera falso...

Lo que me recuerda que aún debo agradecerle a Lewis toda su ayuda.

CREO QUE ÉSTE ESTÁ DESCOMPUESTO.

CLO CLO CLO

Uno creería que, por ser niños, los ladrones no iban a ser tan rudos con nosotros, que quizá llamarían a nuestros padres o nos sacarían del museo.

ERROR.

Dicen que tu vida entera pasa frente a tus ojos cuando va a terminar, pero lo único que pude pensar era que no quería morir vestido como un ladronzuelo de quinta. Este tipo estaba a punto de cortarme como filete cuando...

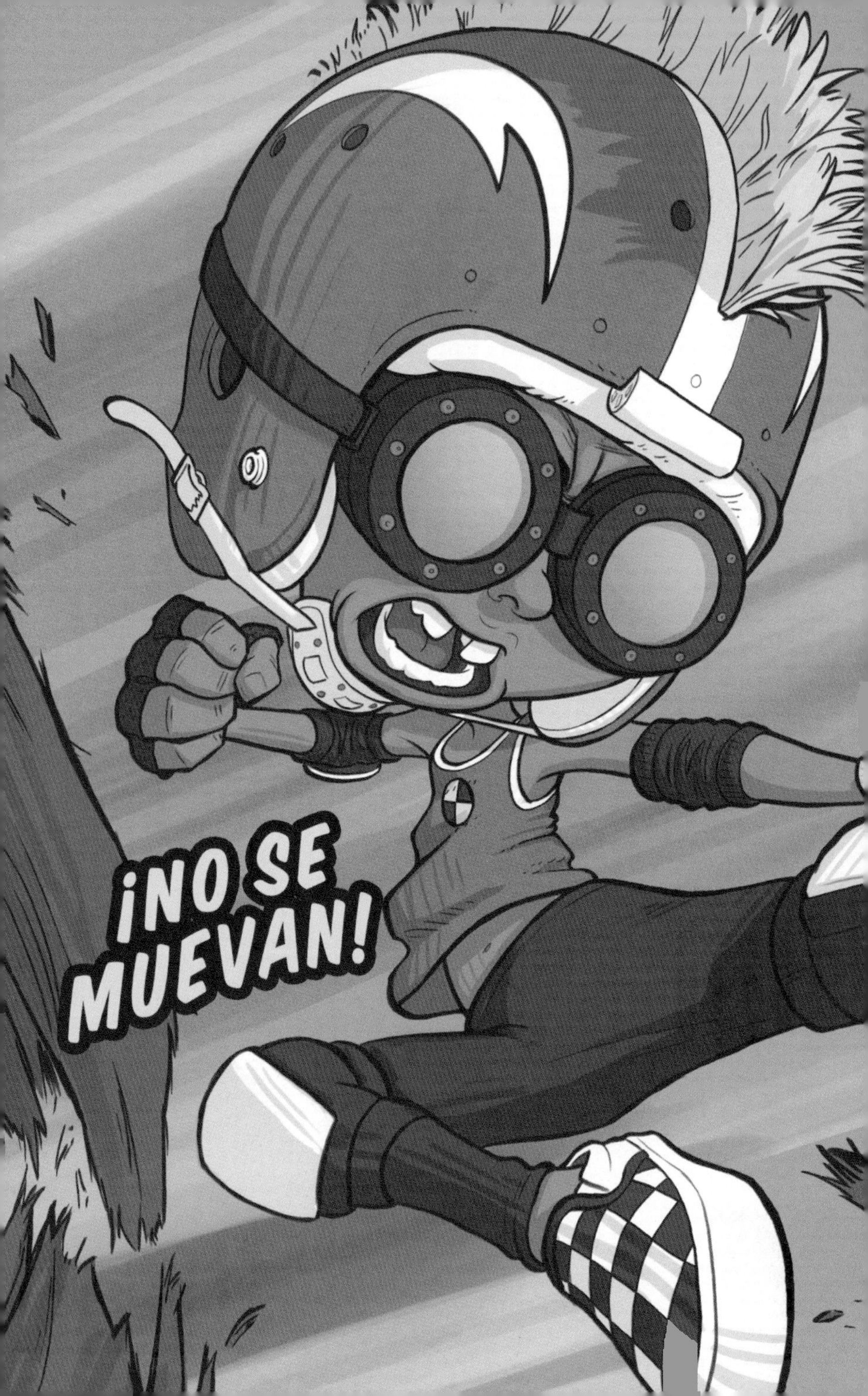
¡NO SE MUEVAN!

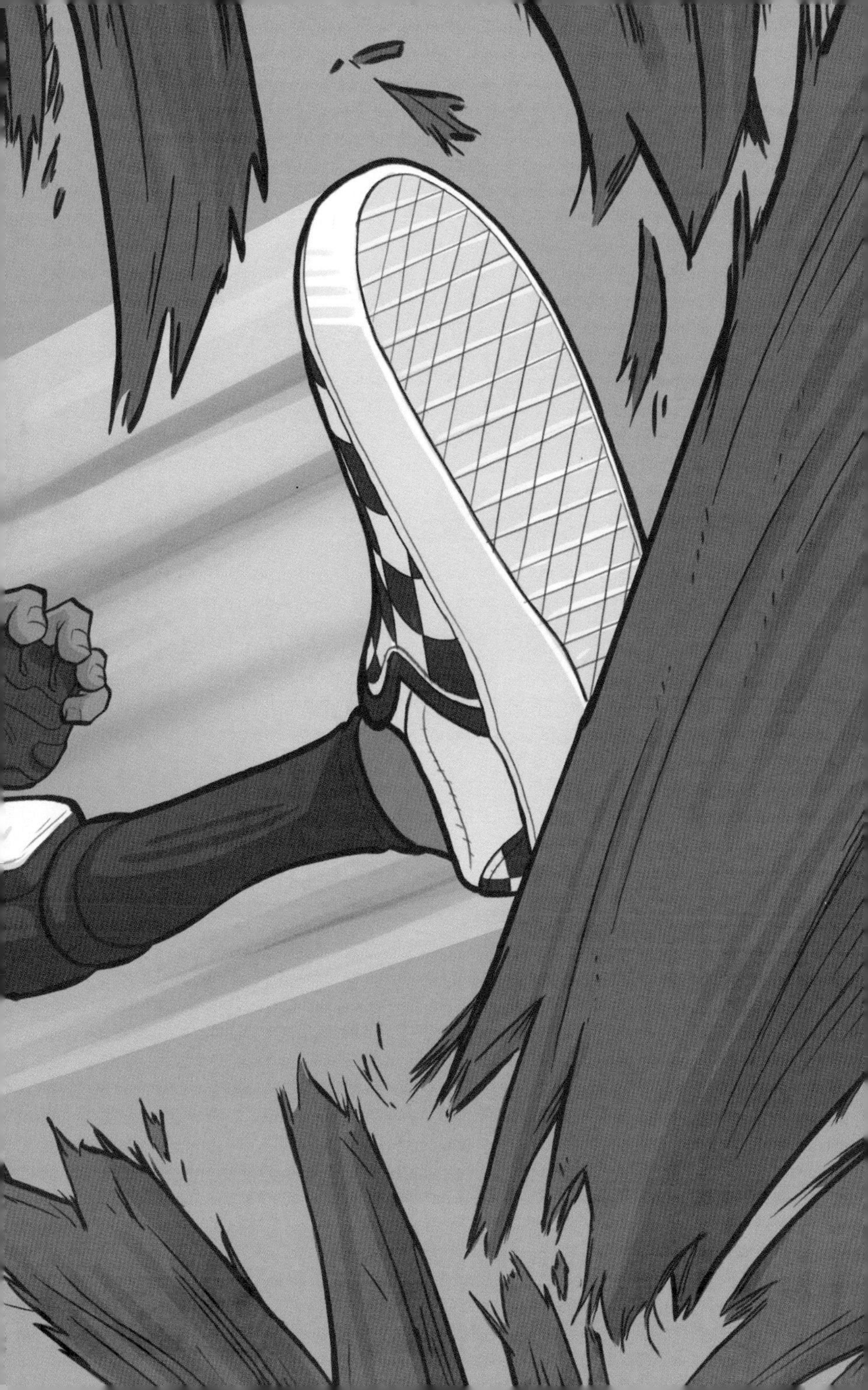

Al principio creí que un superhéroe de verdad había venido a salvarnos, pero nada más eran Crash y un niño llamado Tim. A los dos los expulsaron de la escuela el año pasado. Ambos tienen superpoderes, pero no les va mejor que a Lewis y a mí.

¡Crash corre tan rápido que puede romper la barrera del sonido! Lo que eso signifique. ¿Su debilidad? Detenerse.

Lo mismo le pasa cuando intenta cambiar de dirección.

TRATABA DE
IR PARA ACÁ.

No me malentiendan, me alegra que Crash y Tim aparecieran, pero no eran exactamente la ayuda que estaba esperando.

Aunque Crash es casi indestructible, su cerebro se conmociona cuando choca con mucha fuerza.

CIERRA LAS VENTANAS, MAMÁ. ESTÁ LLOVIENDO.

Probablemente por eso se junta con Tim.

Los poderes de Tim lo convierten en el último recurso, y eso no le molesta. Odia usar sus poderes y cuando por fin lo hace, uf, mejor ten cuidado, sin importar de qué lado estés.

EM, DISCULPE, ¿PODRÍAN SOLTAR SUS ARMAS Y LEVANTAR LAS MANOS, POR FAVOR?

DÉJAME PENSARLO UN MINUTO...

¡NO!

NO HACE FALTA SER GROSERO. SE LO PEDÍ POR FAVOR.

EN ESO TIENE RAZÓN.

CÁLLATE LA BOCA Y ATÁLOS.

EN SERIO DEBERÍAN SOLTAR SUS ARMAS. NO QUERRÍA LASTIMARLOS.

Así que Tim sacó su arma secreta: cacahuates.

Cuando aún estaba en mi escuela, Tim se robaba todo el tiempo el almuerzo de otras personas. ¿Recuerdan a Trevor, el chico que obtuvo superpoderes y paró un huracán? Al día siguiente de que el meteorito cayera sobre su casa, Tim le robó el almuerzo de la mochila mientras él presumía lo genial que era.

El problema es que la mamá de Trevor le había preparado el almuerzo la noche anterior y de seguro también le tocó algo de la radiación del meteorito que le dio a Trevor sus superpoderes. Tim podría haber conseguido poderes geniales también...

ENTONCES, ¿QUÉ PASA CUANDO TIENES UNA REACCIÓN ALÉRGICA AL CACAHUATE RADIOACTIVO?

¡Te vuelves un monstruo de tres metros y destrozas todo lo que tienes a tu alcance porque tu garganta se cierra!

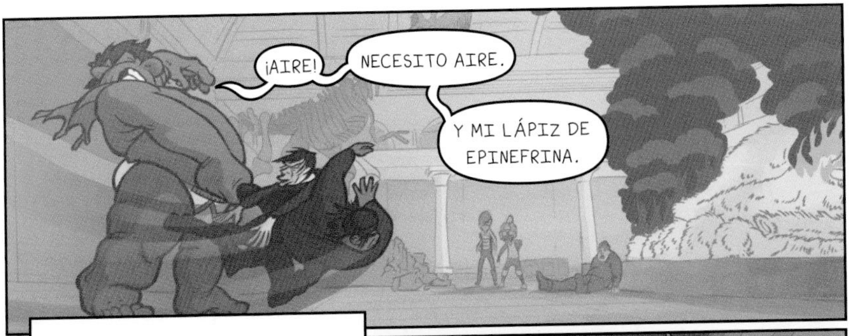
¡AIRE!
NECESITO AIRE.
Y MI LÁPIZ DE EPINEFRINA.

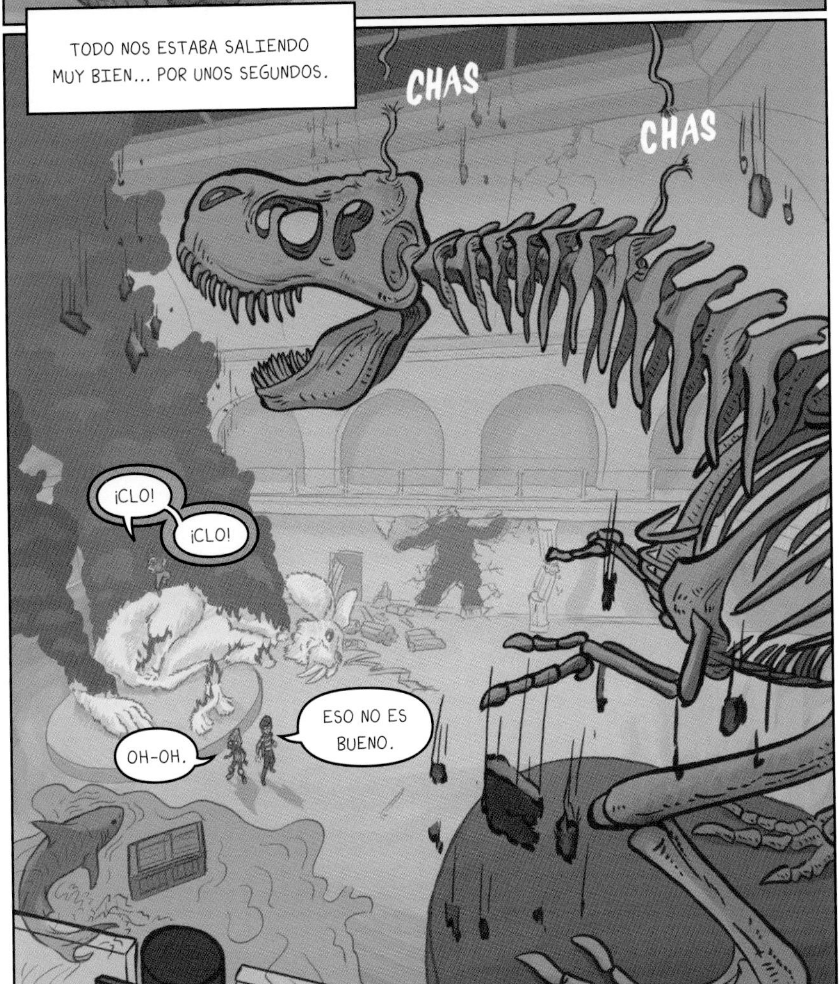
TODO NOS ESTABA SALIENDO MUY BIEN... POR UNOS SEGUNDOS.
CHAS
CHAS
¡CLO!
¡CLO!
OH-OH.
ESO NO ES BUENO.

¡Todo el edificio se nos vino encima! Por suerte, los huesos de dinosaurio cayeron antes y nos protegieron a Lewis y a mí de los escombros.

Cuando pudimos zafarnos, los delincuentes ya se habían escapado.

Como mi disfraz parecía de ladrón, decidimos que lo mejor era huir antes de que llegara la policía.

Y después de todo eso seguíamos sin ser superhéroes. Pero veamos el lado amable: no estábamos muertos.

CAPÍTULO
CINCO

Al día siguiente me fui temprano de casa de Lewis. Él tenía un Zombigeddon no muy babeado y planeaba quedarme a jugar todo el día, pero después de lo que había pasado en el museo no estaba de humor. Que Lewis me repitiera mis pensamientos no me hacía sentir mejor.

MIS PODERES APESTAN Y MI MEJOR AMIGO ES UN TARADO.

O ESPERO QUE FUERAN MIS PENSAMIENTOS.

¿Cómo se me ocurrió creer que podía detener un robo? ¡Si sólo soy un perdedor bizco con un pollo como compañero!

Para empeorar las cosas, al llegar a casa mamá me dijo que tenía que visitar al tío Ted con mi papá.

Yo odiaba ir a ver al tío Ted.

No odiaba a mi tío: odiaba *visitarlo*. Lo habían internado en el hospital dos semanas atrás y le daban medicamentos que lo ponían un poco chiflado.

¡RETIRA LO DICHO!

BUENO, *MUY* CHIFLADO.

Sé que no era su culpa, pero hacía cosas muy raras. Quizá debía hacer lo mismo que mi papá: seguirle la corriente en sus locuras.

Quizá piensen que mi papá es horrible por molestar a alguien medicado, pero cuando era chico, mi tío Ted molestaba mucho a mi papá. Le rompía sus cosas, lo golpeaba por diversión y le hacía calzón chino frente a sus amigos. Uno creería que ya de adultos todo estaría superado, pero el tío Ted nunca maduró.

Creo que molestar al tío Ted en el hospital era el desquite de mi papá.

Mi tío Ted acababa de tomar sus medicinas cuando llegamos al hospital, así que estaba muy dormido. La enfermera nos dijo que estaría así un par de horas. Mi papá intentó despertarlo y la enfermera se enojó mucho, tanto que hasta creí que lo picaría con una jeringa. A mí me alivió ahorrarme unas horas de conversación incómoda.

De camino a la salida, mi papá pasó al baño y estuvo adentro un largo rato. Cuando por fin salió, estaba agitado. Me dijo que el cubículo al que entró no tenía papel y que, cuando se dio cuenta, era muy tarde.

No tengo idea de cómo consiguió papel, pero debió ser difícil, porque cuando salió le faltaba el aliento y sus mangas estaban mojadas hasta los hombros.

El caso es que papá se quejó en la recepción por la falta de rollos extra, pero al parecer tampoco le agradó la actitud con la que lo atendieron y exigió hablar con el supervisor.

No me dejaron llevar mi Nintendo DS al hospital, así que básicamente moría de aburrimiento mientras esperaba a que mi papá se quejara con la persona adecuada. Iba a la mitad de contar las divisiones del techo cuando un anciano apareció de pronto y casi hizo que me orinara en los pantalones.

Si nadie les ha saltado por atrás sin que lo esperen, y luego ha empezado a ulular como búho, les cuento que es aterrador. Y extraño. Muy, muy extraño.

El ulular ya era bastante raro, pero lo que el loco me dijo fue lo que en verdad me asustó.

No soy muy bueno mintiendo, pero incluso si lo fuera, el viejo tenía pruebas irrefutables de mi papel en la destrucción del museo. Y fue porque no me bañé, aunque mi madre me dijo que lo hiciera.

Este tipo era bueno.

Me dijo que se llamaba Búho Nocturno y que solía combatir el crimen cuando era joven.

Me dijo que había estado siguiendo una serie de robos y que el del museo fue el tercero de la misma banda de delincuentes. Saqué de mi bolsillo la nota del Hombre Sin Nombre. Cuando se la mostré, se puso a brincar y a ulular de nuevo...

El viejo me dijo que el Hombre Sin Nombre era su archienemigo. Al parecer, Búho Nocturno y su compañero, Azulejo, habían perseguido al Hombre Sin Nombre por años, pero jamás lo atraparon.

Al parecer, hace muchos años el Hombre Sin Nombre amenazó con hacer estallar una ciudad entera si no le pagaban un rescate. Búho Nocturno siguió las pistas hasta su némesis y, cuando descubrió la ubicación de la bomba se aseguró de evacuar la ciudad antes de que alguien saliera lastimado.

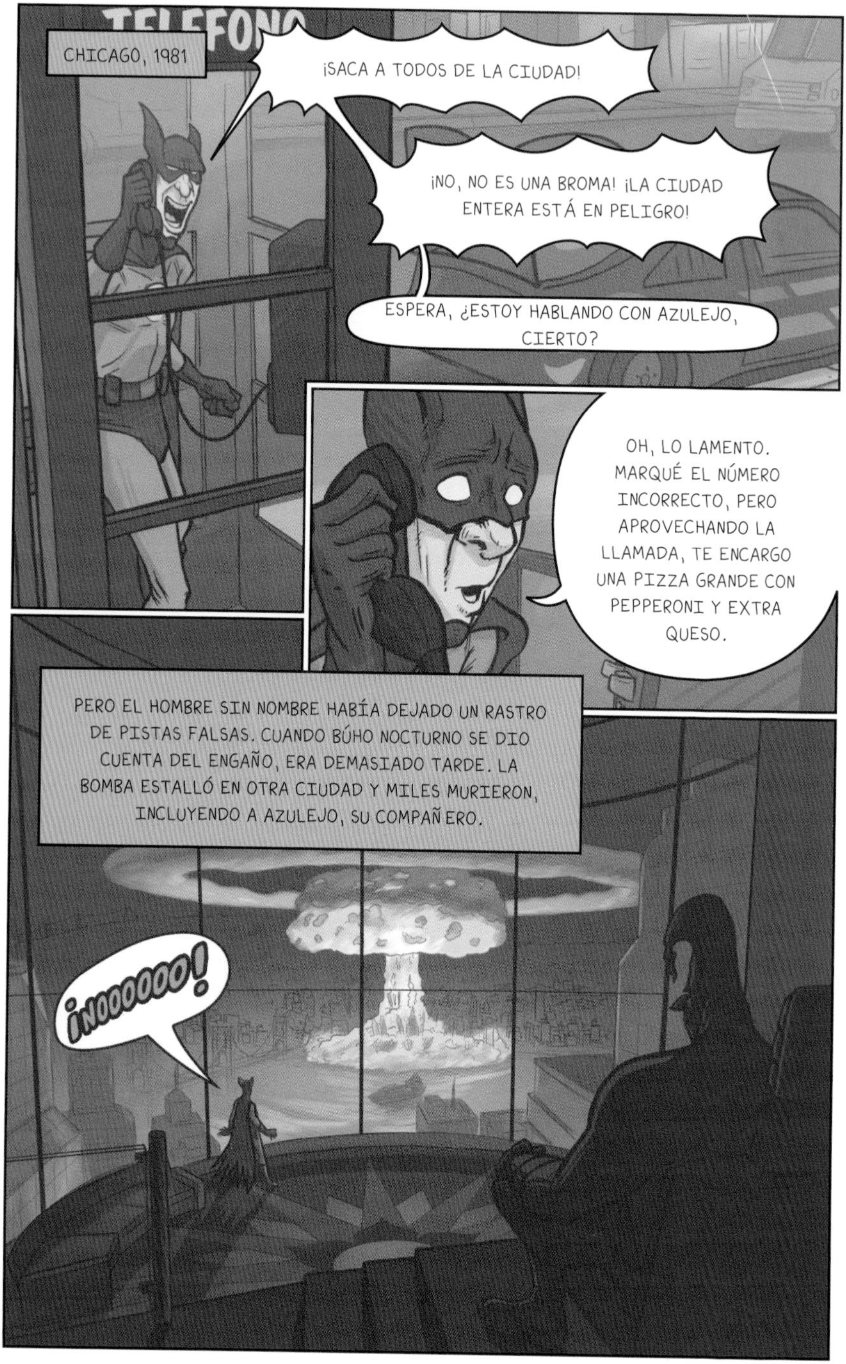
CHICAGO, 1981
¡SACA A TODOS DE LA CIUDAD!
¡NO, NO ES UNA BROMA! ¡LA CIUDAD ENTERA ESTÁ EN PELIGRO!
ESPERA, ¿ESTOY HABLANDO CON AZULEJO, CIERTO?
OH, LO LAMENTO. MARQUÉ EL NÚMERO INCORRECTO, PERO APROVECHANDO LA LLAMADA, TE ENCARGO UNA PIZZA GRANDE CON PEPPERONI Y EXTRA QUESO.
PERO EL HOMBRE SIN NOMBRE HABÍA DEJADO UN RASTRO DE PISTAS FALSAS. CUANDO BÚHO NOCTURNO SE DIO CUENTA DEL ENGAÑO, ERA DEMASIADO TARDE. LA BOMBA ESTALLÓ EN OTRA CIUDAD Y MILES MURIERON, INCLUYENDO A AZULEJO, SU COMPAÑERO.
¡NOOOOOO!

Uno o dos años más tarde el Hombre Sin Nombre amenazó de nuevo con hacer estallar una ciudad, pero esta vez se le pagó de inmediato el rescate. Luego desapareció sin dejar rastro.

Todo mundo culpó a Búho Nocturno y a Azulejo por lo que le pasó a la ciudad. Durante años intentó cazarlo, pero el villano nunca reapareció.

Le dije que lamentaba que hubiera perdido a su compañero, pero que nada que dijera me iba a convencer de ayudarlo. Entonces el viejo amenazó con decirle la policía que yo fui uno de los que convirtieron el museo en escombros humeantes.

Así que, o ayudaba a un anciano a perseguir a un supervillano hasta su hora de la siesta o iba a prisión. No tuve que pensarlo mucho.

Búho Nocturno se emocionó tanto cuando le conté lo que pasó en el museo que unas personas del hospital se acercaron a calmarlo, pero él arrojó algún tipo de bomba de humo y desapareció...

...O CASI.

Por cierto, si alguna vez estás aburrido te recomiendo visitar el hospital donde está mi tío Ted y tirar una bomba de humo, porque cuando Búho Nocturno lo hizo todos se pusieron como locos. Fue increíble.

¡SON LOS JERBOS! ¡YA LLEGARON!

La bomba de humo también me sirvió para escapar antes de que el anciano me delatara, así que corrí con mi papá y fingí que tenía que ir al baño.

Lo primero que hice al llegar a casa fue tirar el caracol que estaba atorado en mi zapato e irme derechito al baño. No quería que la policía notara las pistas que Búho Nocturno encontró, las rastreara hasta mí y me metiera a la cárcel, así que decidí entrar a la regadera y librarme de cualquier indicio que delatara que había estado en el museo.

Me sentía fatal. Ya era bastante malo que Lewis y yo hubiéramos destruido el museo y que los delincuentes se escaparan...

...PERO LA PUBLICACIÓN DE CRASH ME HIZO SENTIR PEOR.

CRASH
24 de julio, 9:30 a.m.

¡Vaya metida de pata anoche en el museo!
#bochorno #tristeza #fueculpadetim
@MarshalHerbertPreston @Lewisesgenial @Tim_monstruo

512 Vistas
ROBO AL MUSEO
INFONOTICIAS.COM/129834765

👍 Me gusta   💬 Comentar   ➤ Compartir

Le pedí a Crash que eliminara su estado para que, pues, *no nos arrestaran.* Pero ya llevaba cinco minutos publicado, así que seguramente toda la escuela lo había leído.

Esa publicación era suficiente para arruinar mi vida social para siempre.

La única forma de salvarme de un año escolar entero de calzones chinos y escupitajos era encontrar y atrapar a los delincuentes del museo.

Lástima que no tenía forma de hacer eso.

La única manera de salir de este desastre era fingir mi propia muerte y mudarme lejos, muy lejos.

Ya estaba valorando si mi nuevo nombre debía ser Jaime Audaz o Pedro Fuerte cuando recibí una llamada.

Era de Búho Nocturno.

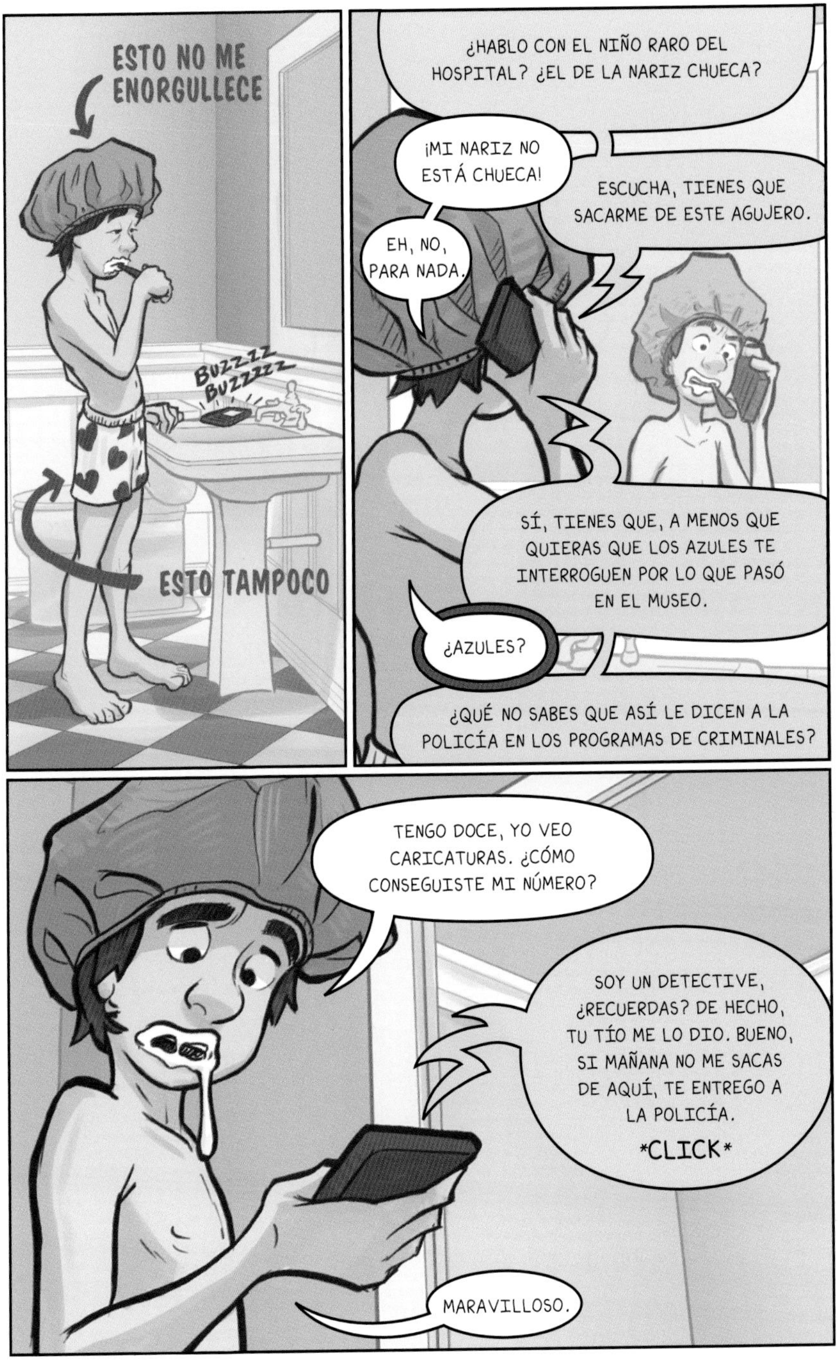
ESTO NO ME ENORGULLECE
ESTO TAMPOCO
BUZZZZ BUZZZZZ
¿HABLO CON EL NIÑO RARO DEL HOSPITAL? ¿EL DE LA NARIZ CHUECA?
¡MI NARIZ NO ESTÁ CHUECA!
ESCUCHA, TIENES QUE SACARME DE ESTE AGUJERO.
EH, NO, PARA NADA.
SÍ, TIENES QUE, A MENOS QUE QUIERAS QUE LOS AZULES TE INTERROGUEN POR LO QUE PASÓ EN EL MUSEO.
¿AZULES?
¿QUÉ NO SABES QUE ASÍ LE DICEN A LA POLICÍA EN LOS PROGRAMAS DE CRIMINALES?
TENGO DOCE, YO VEO CARICATURAS. ¿CÓMO CONSEGUISTE MI NÚMERO?
SOY UN DETECTIVE, ¿RECUERDAS? DE HECHO, TU TÍO ME LO DIO. BUENO, SI MAÑANA NO ME SACAS DE AQUÍ, TE ENTREGO A LA POLICÍA.
CLICK
MARAVILLOSO.

CAPÍTULO
SEIS

El lunes en la mañana le dije a mi mamá que quería visitar al tío Ted de nuevo. Casi le da un infarto.

Llamé a Lewis y nos fuimos en bicicleta al hospital.

Búho Nocturno estaba muy emocionado de vernos. No creo que reciba muchas visitas.

Le presenté a Lewis quien, por supuesto, respondió de la única forma que sabe.

Ok, esta vez eran mis pensamientos los que Lewis leía. Claro, no lo iba a admitir pero había que decirlo: los sobacos del equipo de futbol americano de la escuela huelen mejor que el aliento de Búho Nocturno. Y lo digo por experiencia.

Búho Nocturno nos dijo que tenía programada una cirugía para que le quitaran los juanetes, por lo que el hospital no lo iba a dejar irse. Tendríamos que ayudarlo a fugarse. Nos dio a Lewis y a mí unas cosas que parecían adornos de jardín. Le pregunté qué rayos eran y dijo: "Ya verás". Luego nos pidió fuéramos a su auto, lo abriéramos y esperáramos en el estacionamiento.

No fue difícil adivinar cuál era su auto.

En verdad no quería ayudarle a un viejito loco a escapar de un hospital,
pero lo último que necesitaba era terminar en la cárcel por destruir
el museo, así que no tenía opción. Además, Búho Nocturno parecía un
detective decente y con suerte me ayudaría a limpiar mi
nombre y atrapar a los maleantes.

No tuvimos que esperar mucho antes de escuchar un estallido en la recepción
del hospital y ver a Búho Nocturno salir corriendo por la puerta principal.

Lanzamos los adornos al piso, y éstos regaron una baba extraña por toda
la acera.

Los tres entramos al carro y salimos de ahí quemando llantas.

Cuando llegamos a lo que quedaba del museo, la policía nos detuvo.

Búho Nocturno se fue enojadísimo y se trepó a un árbol.

Al final logramos subirlo al árbol y sacó unos binoculares. Miró por ellos unos segundos y luego quiso que lo bajáramos. Si creen que subirlo fue difícil, hubieran visto lo fácil que fue bajarlo.

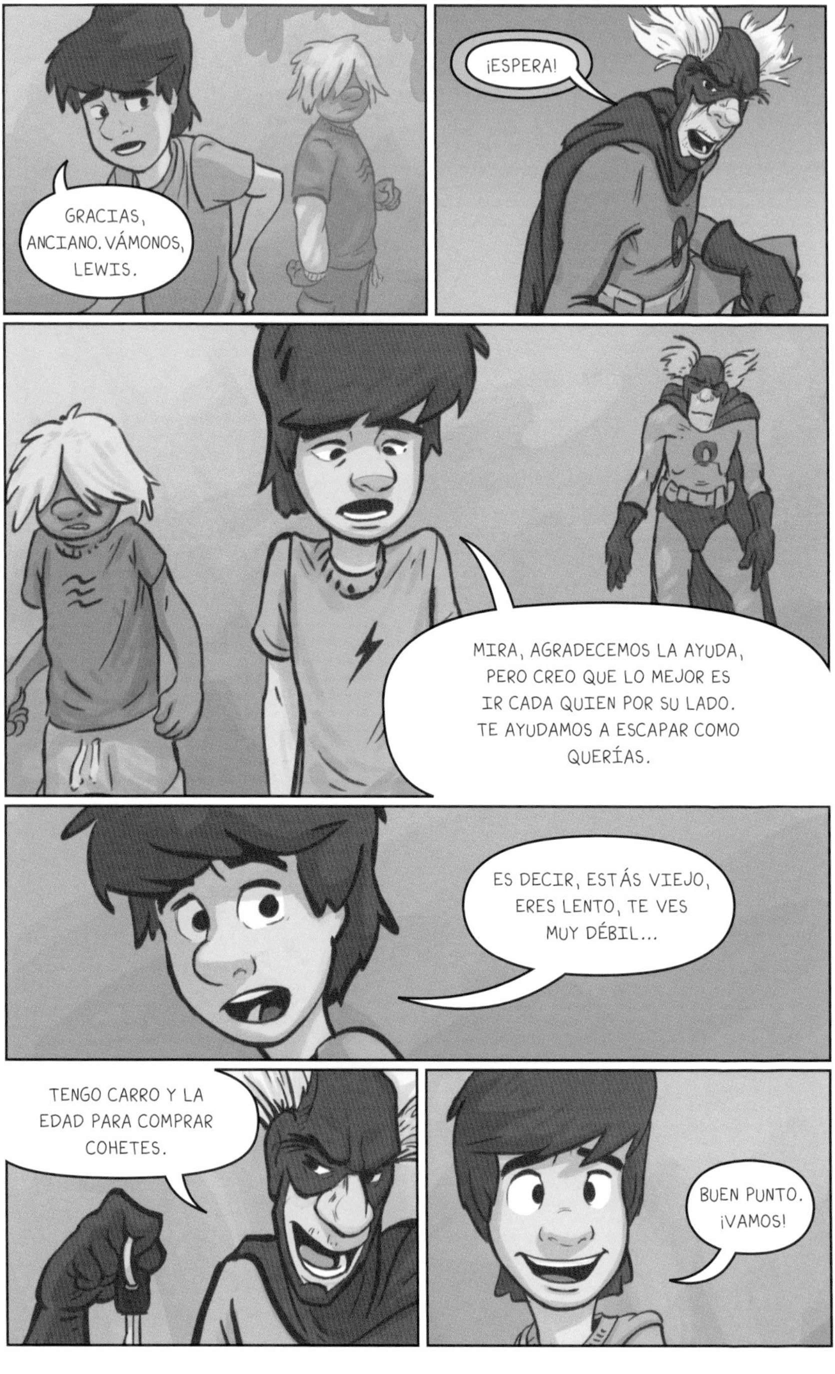
GRACIAS, ANCIANO. VÁMONOS, LEWIS.
¡ESPERA!
MIRA, AGRADECEMOS LA AYUDA, PERO CREO QUE LO MEJOR ES IR CADA QUIEN POR SU LADO. TE AYUDAMOS A ESCAPAR COMO QUERÍAS.
ES DECIR, ESTÁS VIEJO, ERES LENTO, TE VES MUY DÉBIL...
TENGO CARRO Y LA EDAD PARA COMPRAR COHETES.
BUEN PUNTO. ¡VAMOS!

Lewis y yo nos subimos al carro. Búho Nocturno tardó un poco más.

Cuando por fin llegamos al lugar de la construcción, los trabajadores nos detuvieron a la entrada.

Pero no nos íbamos a rendir. Fuimos a una colina detrás de la construcción para ver mejor. Resulta que no era una construcción ordinaria.

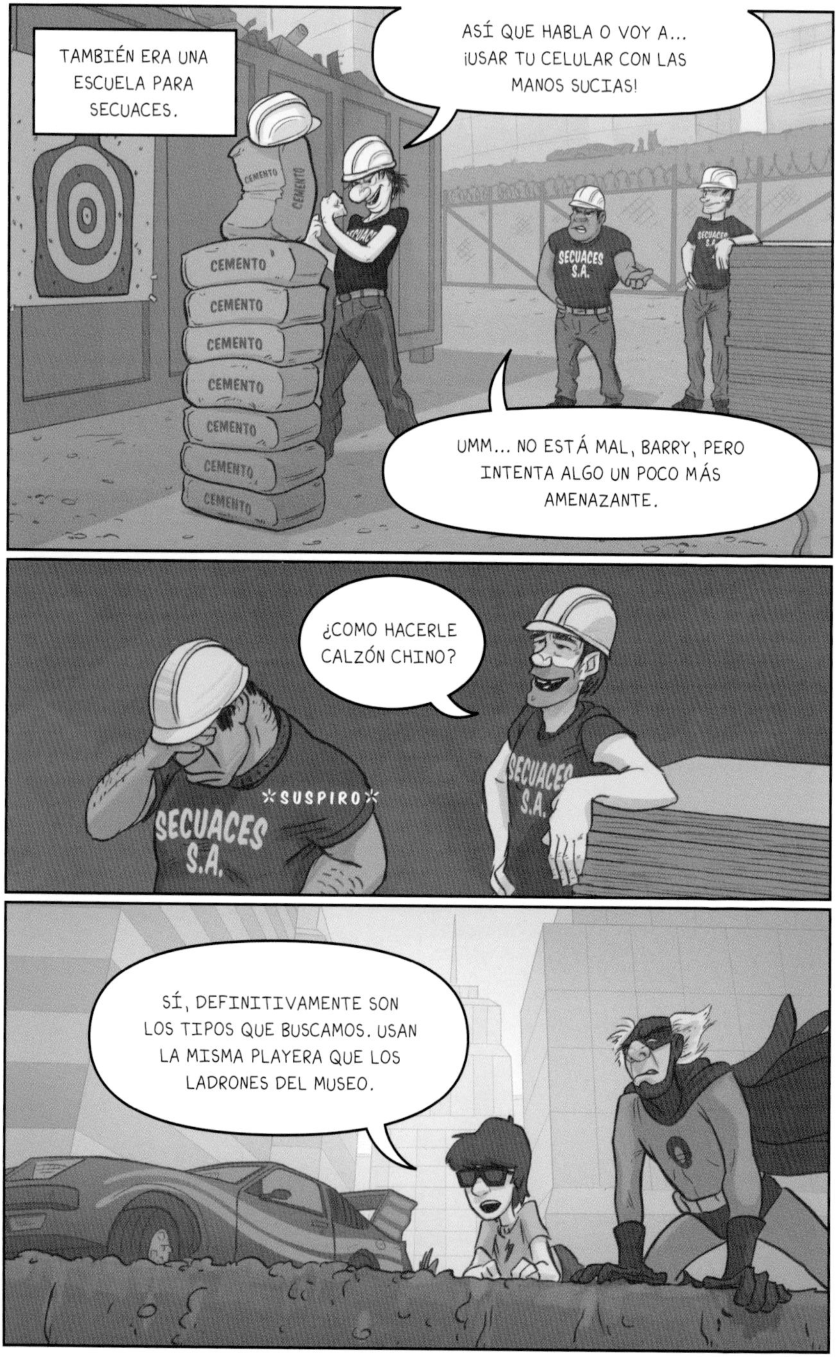
TAMBIÉN ERA UNA ESCUELA PARA SECUACES.
ASÍ QUE HABLA O VOY A... ¡USAR TU CELULAR CON LAS MANOS SUCIAS!
CEMENTO
SECUACES
SECUACES S.A.
UMM... NO ESTÁ MAL, BARRY, PERO INTENTA ALGO UN POCO MÁS AMENAZANTE.
¿COMO HACERLE CALZÓN CHINO?
SECUACES S.A.
SUSPIRO
SÍ, DEFINITIVAMENTE SON LOS TIPOS QUE BUSCAMOS. USAN LA MISMA PLAYERA QUE LOS LADRONES DEL MUSEO.

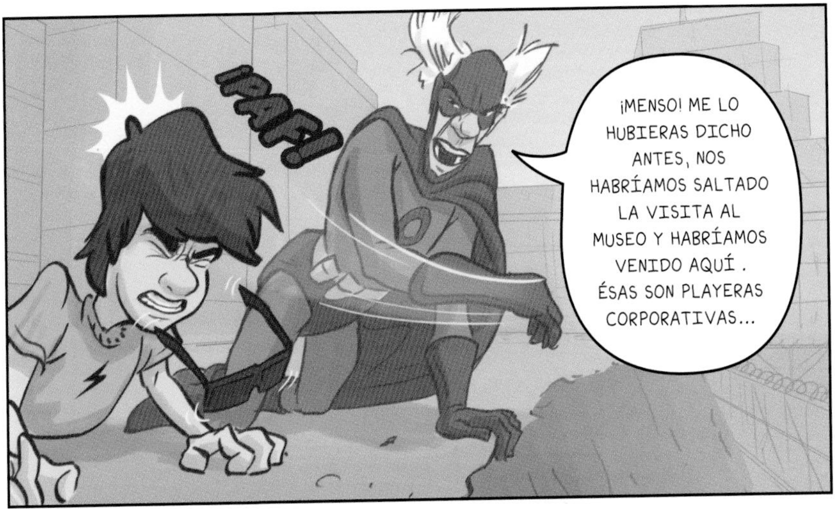
¡PAF!
¡MENSO! ME LO HUBIERAS DICHO ANTES, NOS HABRÍAMOS SALTADO LA VISITA AL MUSEO Y HABRÍAMOS VENIDO AQUÍ . ÉSAS SON PLAYERAS CORPORATIVAS...

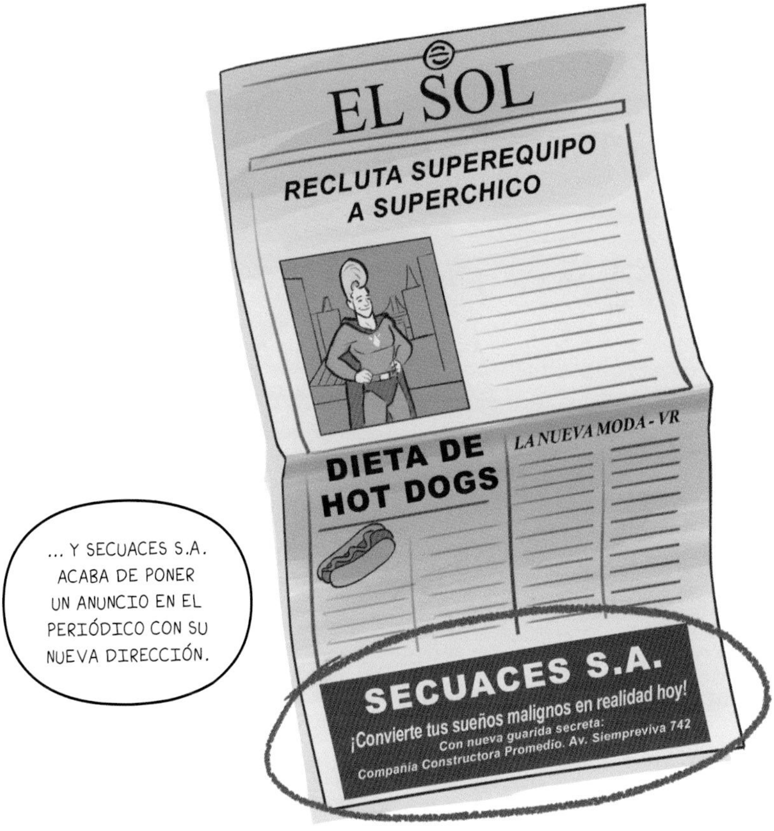
EL SOL
RECLUTA SUPEREQUIPO A SUPERCHICO
LA NUEVA MODA - VR
DIETA DE HOT DOGS
SECUACES S.A.
¡Convierte tus sueños malignos en realidad hoy!
Con nueva guarida secreta:
Compañia Constructora Promedio. Av. Siempreviva 742
... Y SECUACES S.A. ACABA DE PONER UN ANUNCIO EN EL PERIÓDICO CON SU NUEVA DIRECCIÓN.

CAPÍTULO
SIETE

Bajamos la colina, subimos por la reja y nos escondimos detrás de unos barriles. Uno de los guardias se acercó demasiado, pero Búho Nocturno estaba listo. Por decirlo así.

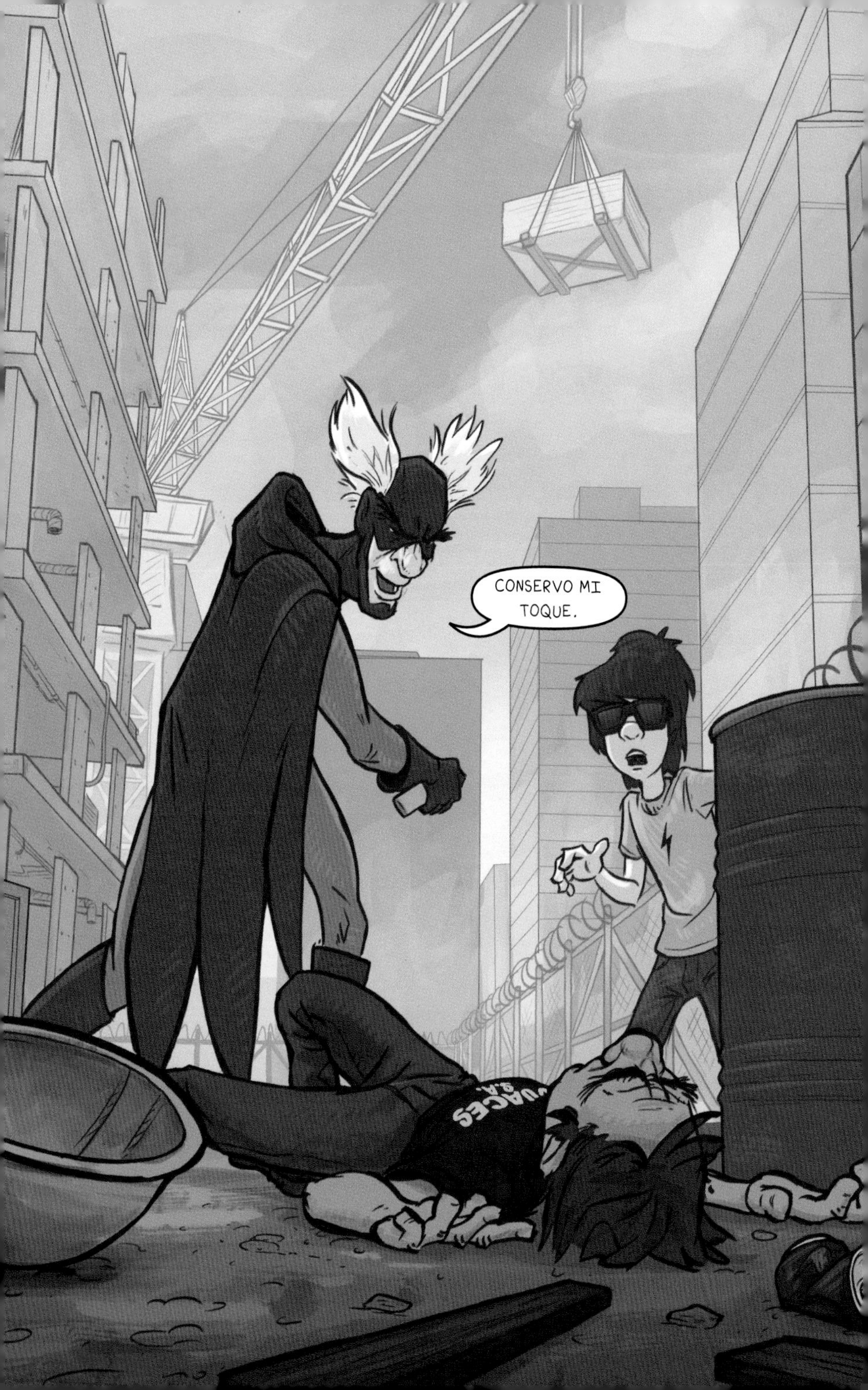
CONSERVO MI TOQUE.

Nos escabullimos a los remolques en la parte trasera de la construcción.

Mis rayos atravesaron el cerrojo...

Por suerte, sólo había un tipo adentro y pudimos sorprenderlo.

Los demás tipos por fin habían notado que el remolque estaba cortado a la mitad, así que teníamos que huir rápido.

Aún no sabía cómo atraparíamos al Hombre Sin Nombre, pero Búho Nocturno no parecía preocupado al respecto. Supongo que a su archienemigo le gustaba hacer las cosas a la antigua.

Para mí, hacer las cosas a la antigua sería mandar un cheque por correo, pero al parecer él se refería a cosas muy, *muy* a la antigua.

Búho Nocturno sólo sonrió.

CAPÍTULO OCHO

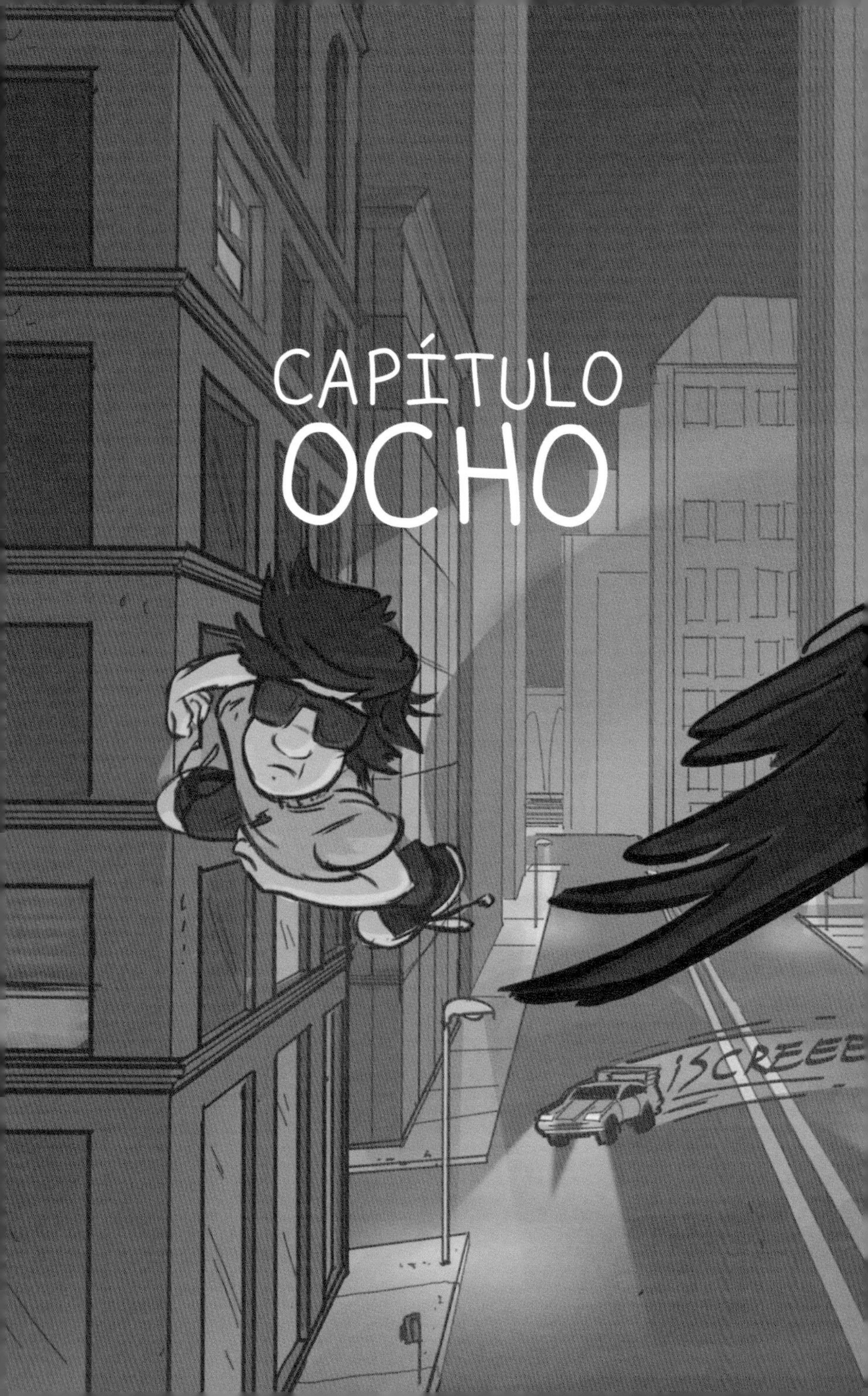
¡SCREEE

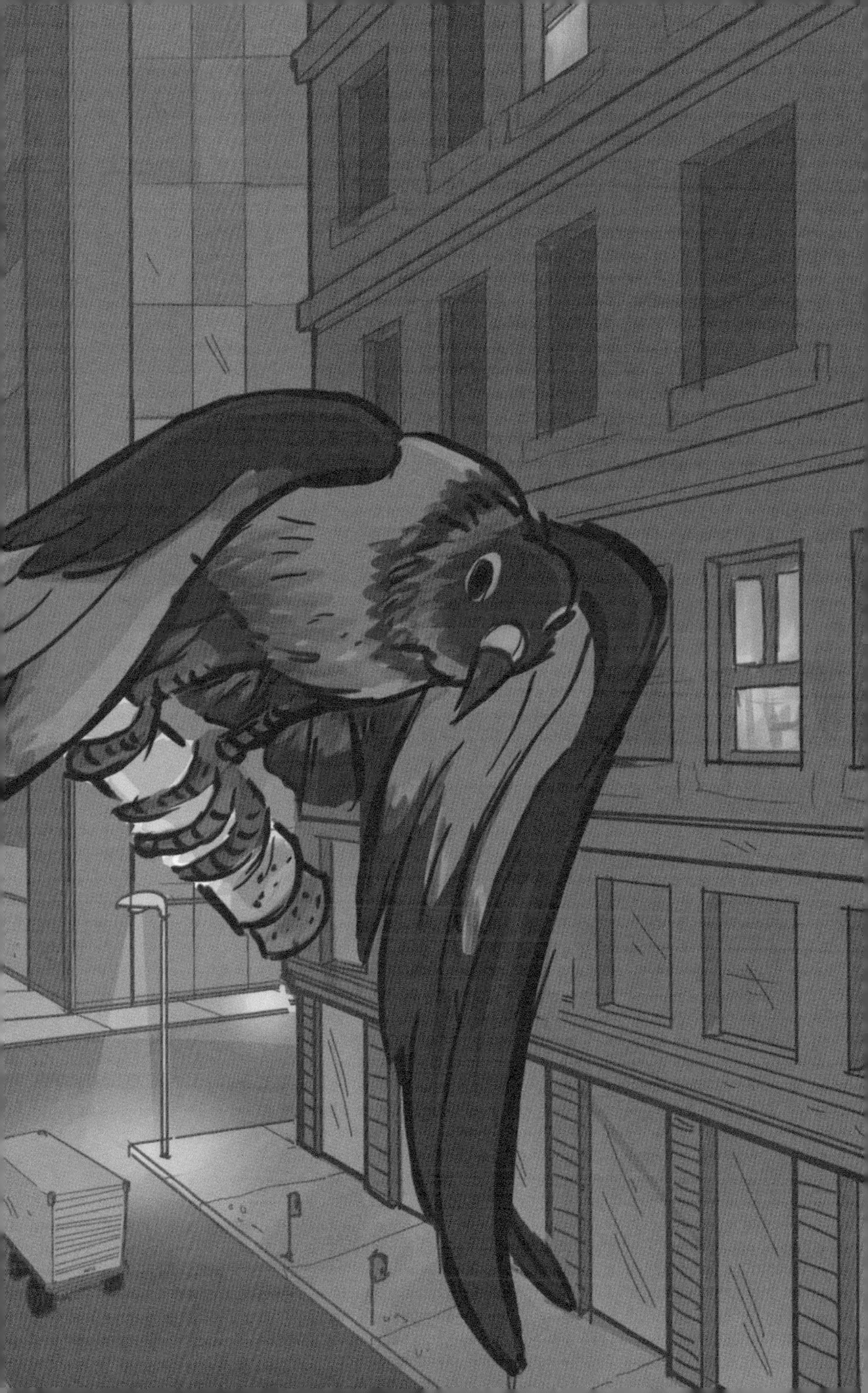

Ahí iba yo, tratando de no vomitar mientras perseguía a la estúpida paloma por toda la ciudad.

Tenía razón.

La paloma por fin aterrizó. Nunca había volado tanto tiempo en mi vida, y decidí que jamás volvería a volar mientras viviera.

Terminé de vomitar y me asomé desde la orilla del techo.
Cuando vi quién estaba ahí para recoger la paloma, casi me caigo del edificio.

Estuve con ella en clase de Historia el año pasado. Debbie tenía el poder de controlar a los animales, un poder bastante genial.

Pero como vivimos en la ciudad, los únicos animales que hay para controlar son los que no quieres tener cerca, como zarigüeyas, palomas y cucarachas.

Ella tampoco había calificado para el programa de supertalentos.

Intentaba de entender por qué Debbie estaba recogiendo el mensaje enviado por el Hombre Sin Nombre cuando aparecieron Búho Nocturno y Lewis.

Corrimos tras ella para tratar de atraparla, pero Debbie huyó.
La perseguimos como una cuadra hasta que la arrinconamos en
un callejón.

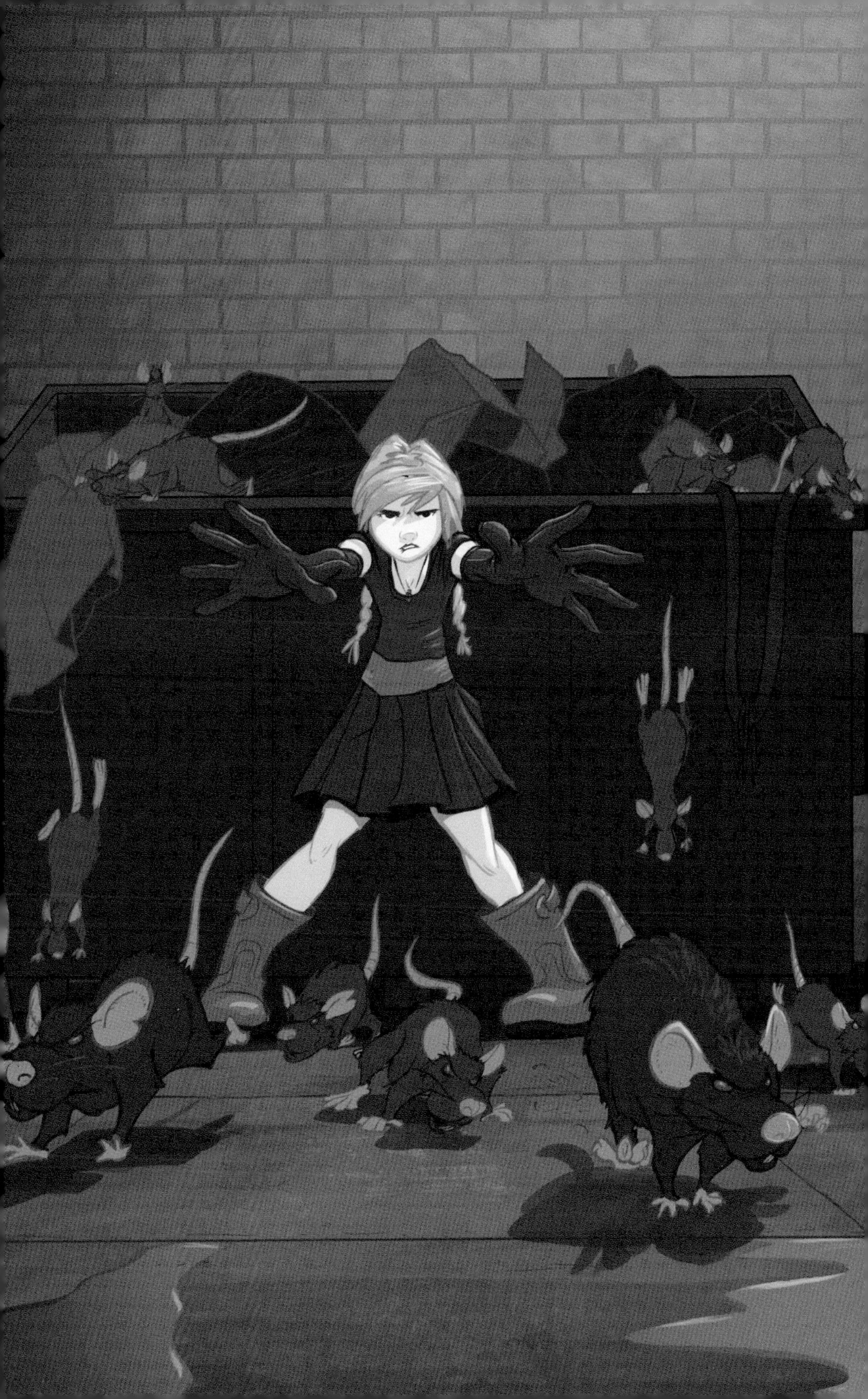

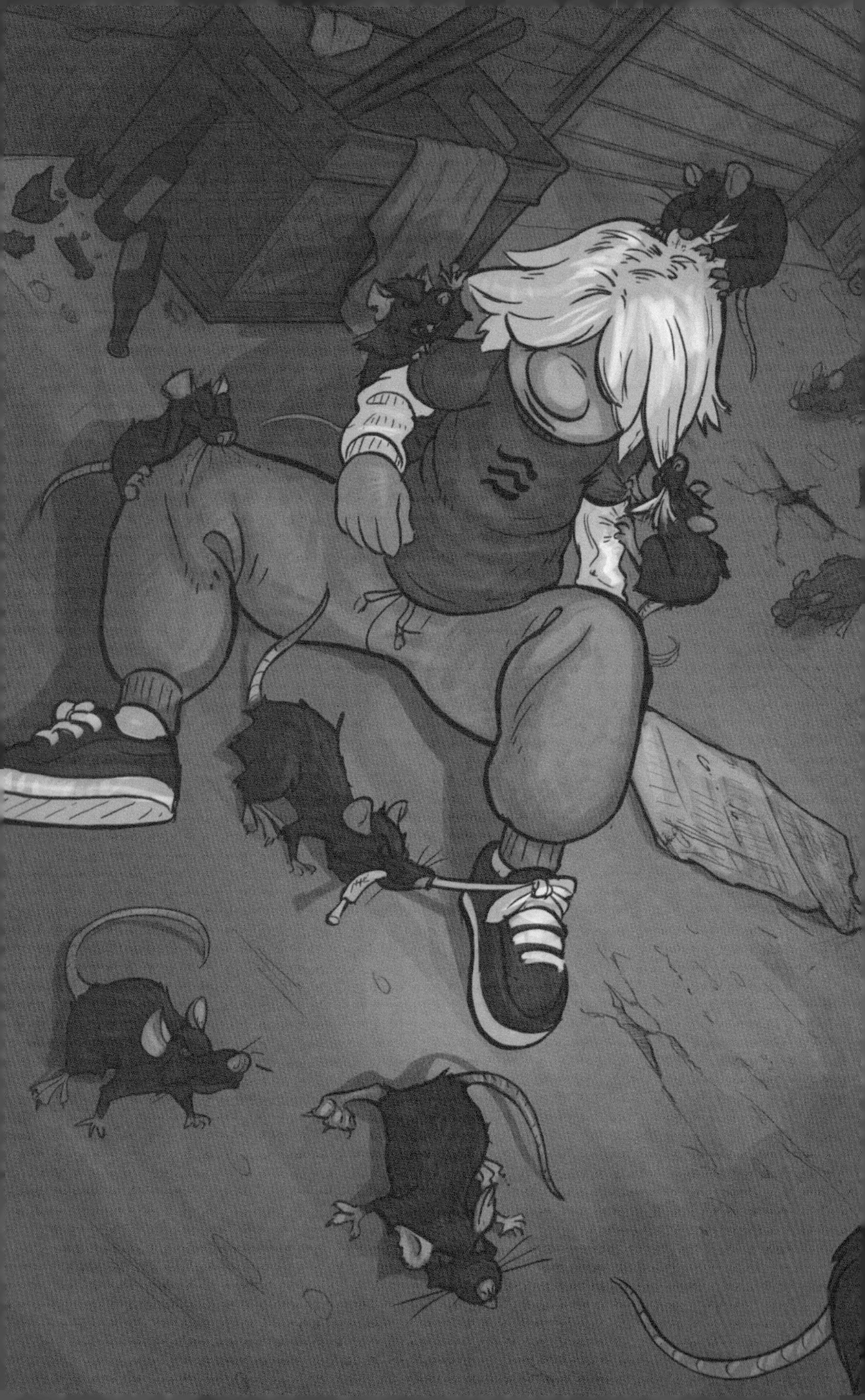

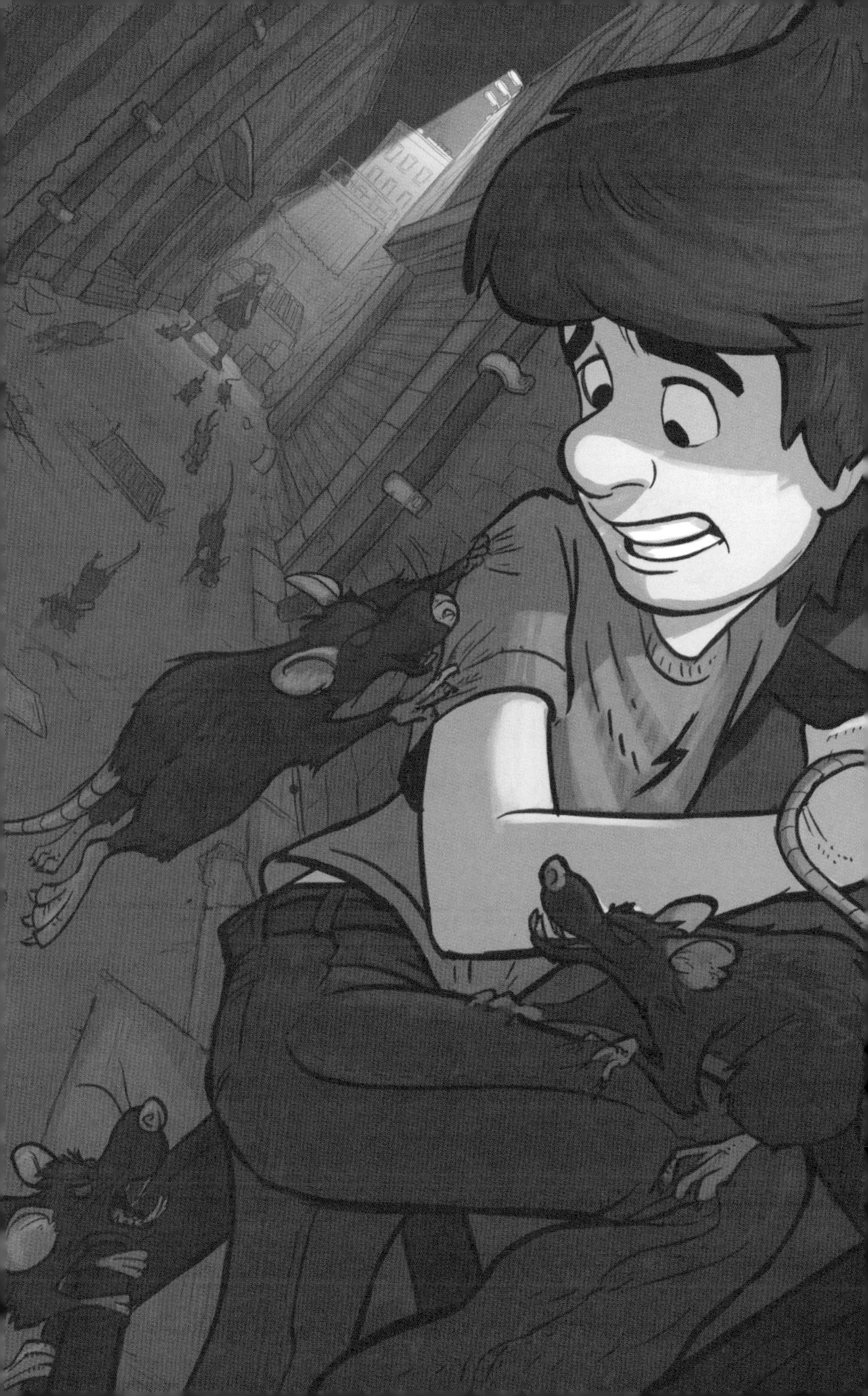

Cuando pude quitarme las ratas de encima, una parvada de palomas había rodeado a Debbie y se la llevaba.

Si me hablara de esa forma, también le haría popó encima.

Búho Nocturno quiso que volara para perseguirla, pero ni loco iba a soportar eso de nuevo. Además, no necesitaba seguirla para encontrarla.

CAPÍTULO NUEVE

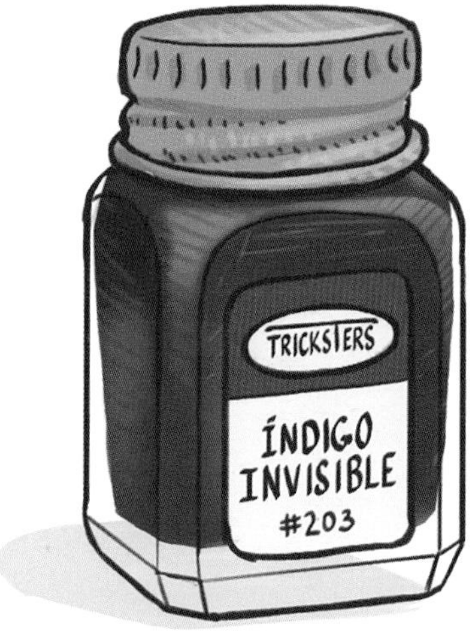
TRICKSTERS
ÍNDIGO INVISIBLE
#203

Kirby es un niño que vive a pocas cuadras de mi casa, y está obsesionado con Debbie desde tercer año. ¡Y cuando digo obsesionado, quiero decir de verdad *obsesionado*!

Claro, Kirby fingió no saber dónde encontrarla cuando le pregunté. Pero yo estaba seguro de que sí. Tan pronto como mencioné al Hombre Sin Nombre, Kirby se espantó e hizo lo peor: activó sus poderes.

Salió corriendo de su casa: un segundo estaba ahí y al siguiente ya no. Tiene el poder de volverse invisible, así que atraparlo iba a ser una pesadilla.

Por fortuna, Kirby pisó un charco, así que Búho Nocturno, Lewis y yo pudimos seguir sus huellas. Atravesó un poco de pasto y lo perdimos, hasta que vimos las puertas de la biblioteca abrirse por sí solas.

No recomiendo perseguir a nadie en una biblioteca...

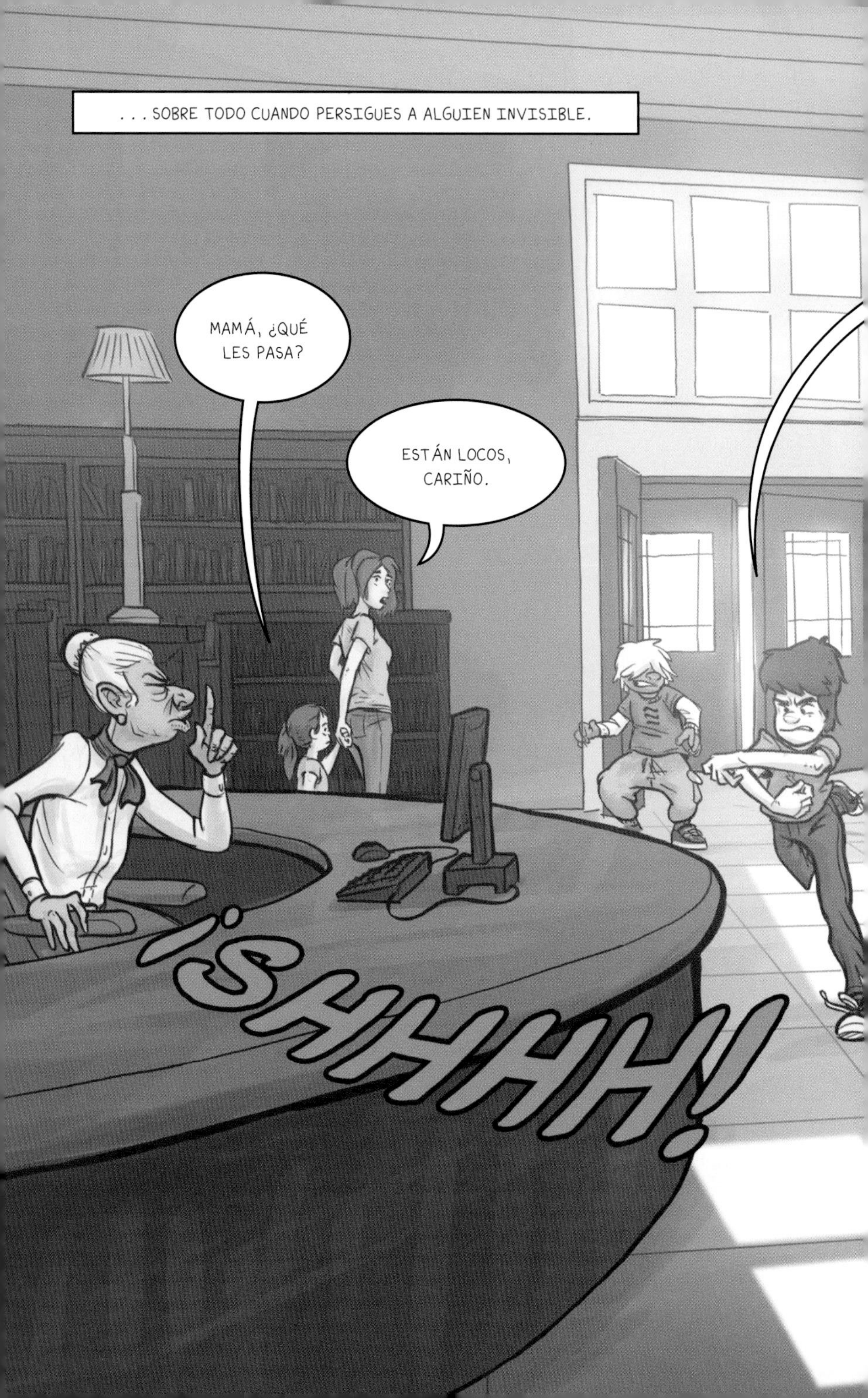
. . . SOBRE TODO CUANDO PERSIGUES A ALGUIEN INVISIBLE.
MAMÁ, ¿QUÉ LES PASA?
ESTÁN LOCOS, CARIÑO.
¡SHHHH!

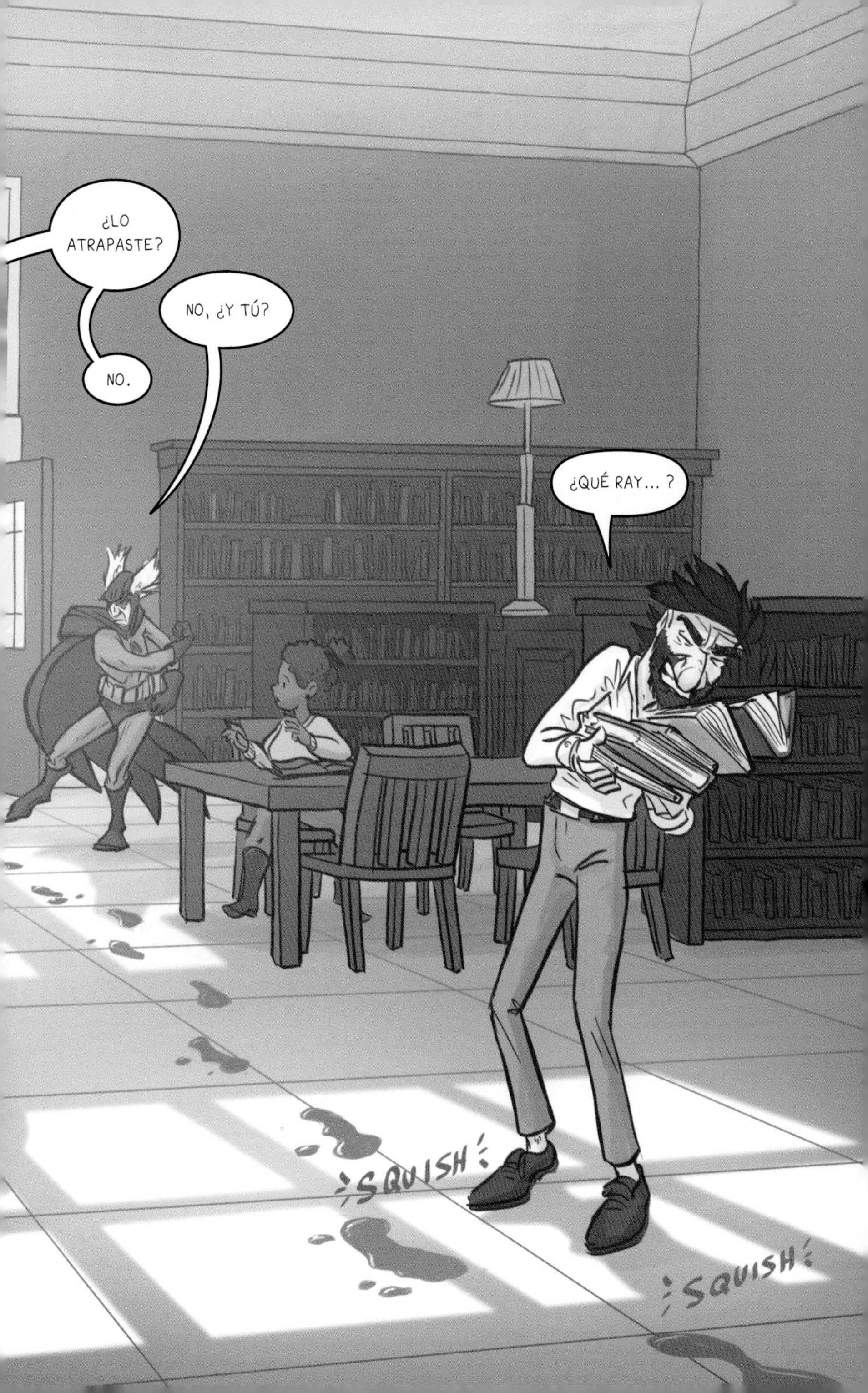
¿LO ATRAPASTE?
NO.
NO, ¿Y TÚ?
¿QUÉ RAY... ?
¡SQUISH!
¡SQUISH!

La puerta del baño se abrió por sí sola y supimos que lo teníamos.

Por desgracia, era el baño de niñas.

Manoteamos al aire como desquiciados, pero no conseguimos atraparlo. Entonces recordé la debilidad de Kirby.

Tardó unos segundos, pero el lugar quedó en absoluto silencio... ¡excepto por los mocos silbantes de Kirby!

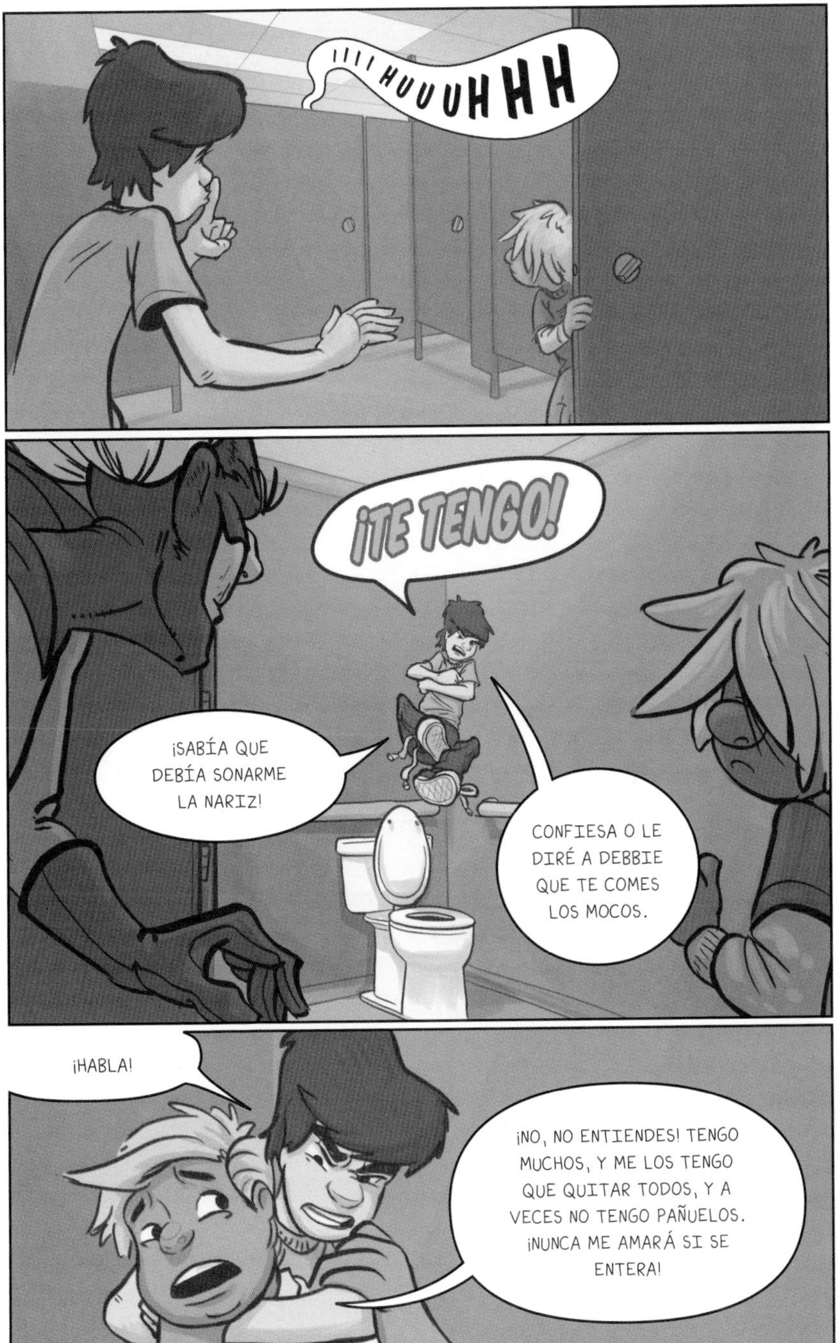
¡¡¡¡HUUUHHHH
¡TE TENGO!
¡SABÍA QUE DEBÍA SONARME LA NARIZ!
CONFIESA O LE DIRÉ A DEBBIE QUE TE COMES LOS MOCOS.
¡HABLA!
¡NO, NO ENTIENDES! TENGO MUCHOS, Y ME LOS TENGO QUE QUITAR TODOS, Y A VECES NO TENGO PAÑUELOS. ¡NUNCA ME AMARÁ SI SE ENTERA!

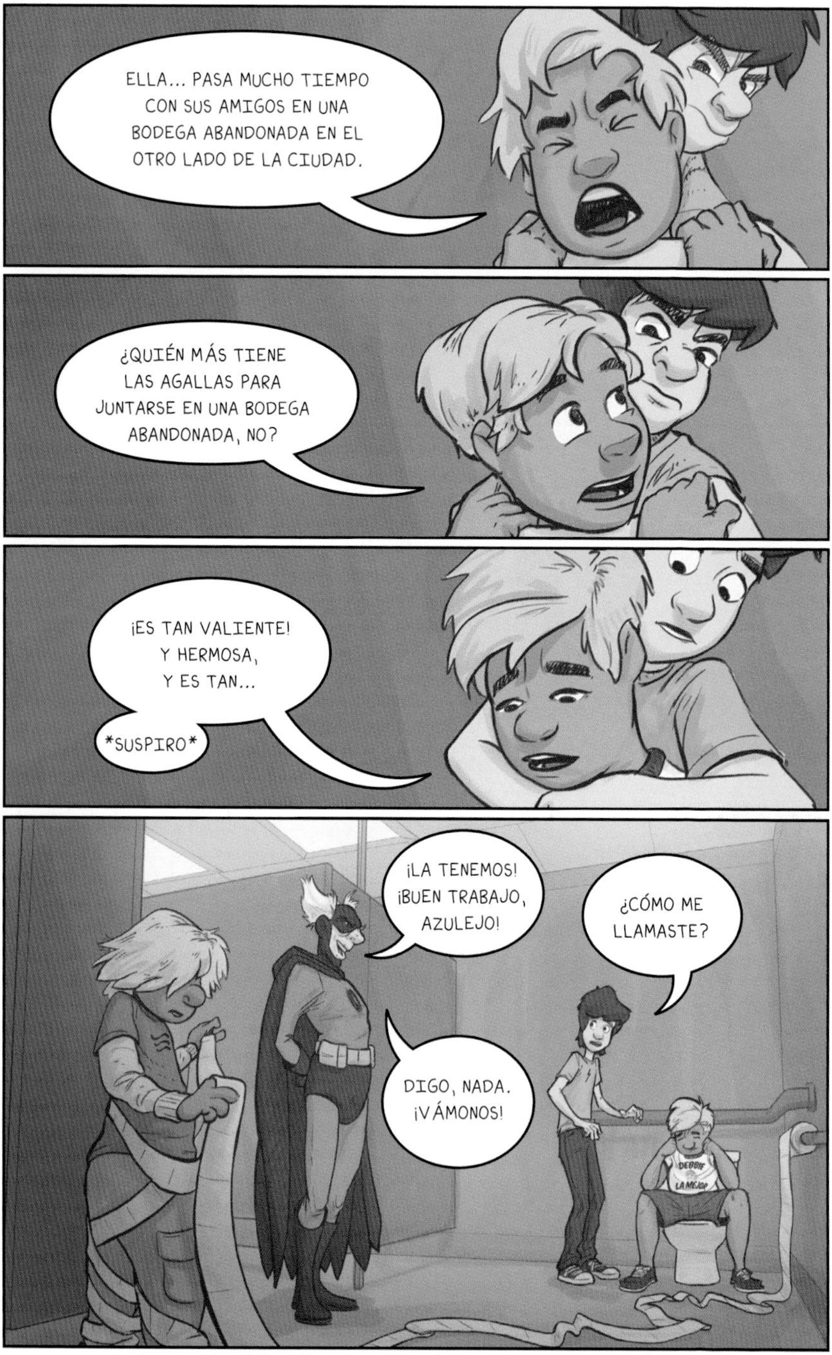
ELLA... PASA MUCHO TIEMPO CON SUS AMIGOS EN UNA BODEGA ABANDONADA EN EL OTRO LADO DE LA CIUDAD.
¿QUIÉN MÁS TIENE LAS AGALLAS PARA JUNTARSE EN UNA BODEGA ABANDONADA, NO?
¡ES TAN VALIENTE! Y HERMOSA, Y ES TAN...
SUSPIRO
¡LA TENEMOS! ¡BUEN TRABAJO, AZULEJO!
¿CÓMO ME LLAMASTE?
DIGO, NADA. ¡VÁMONOS!
DEBBIE
LA MEJOR

Salimos disparados, o al menos eso intentamos.

Cuando finalmente arrancó el auto tuvimos que buscar en un millón de bodegas abandonadas antes de encontrar la indicada. El edificio estaba lleno de mapaches y zarigüeyas, así que supimos que era el lugar correcto.

Nos escabullimos dentro y, claro, ahí estaba Debbie.

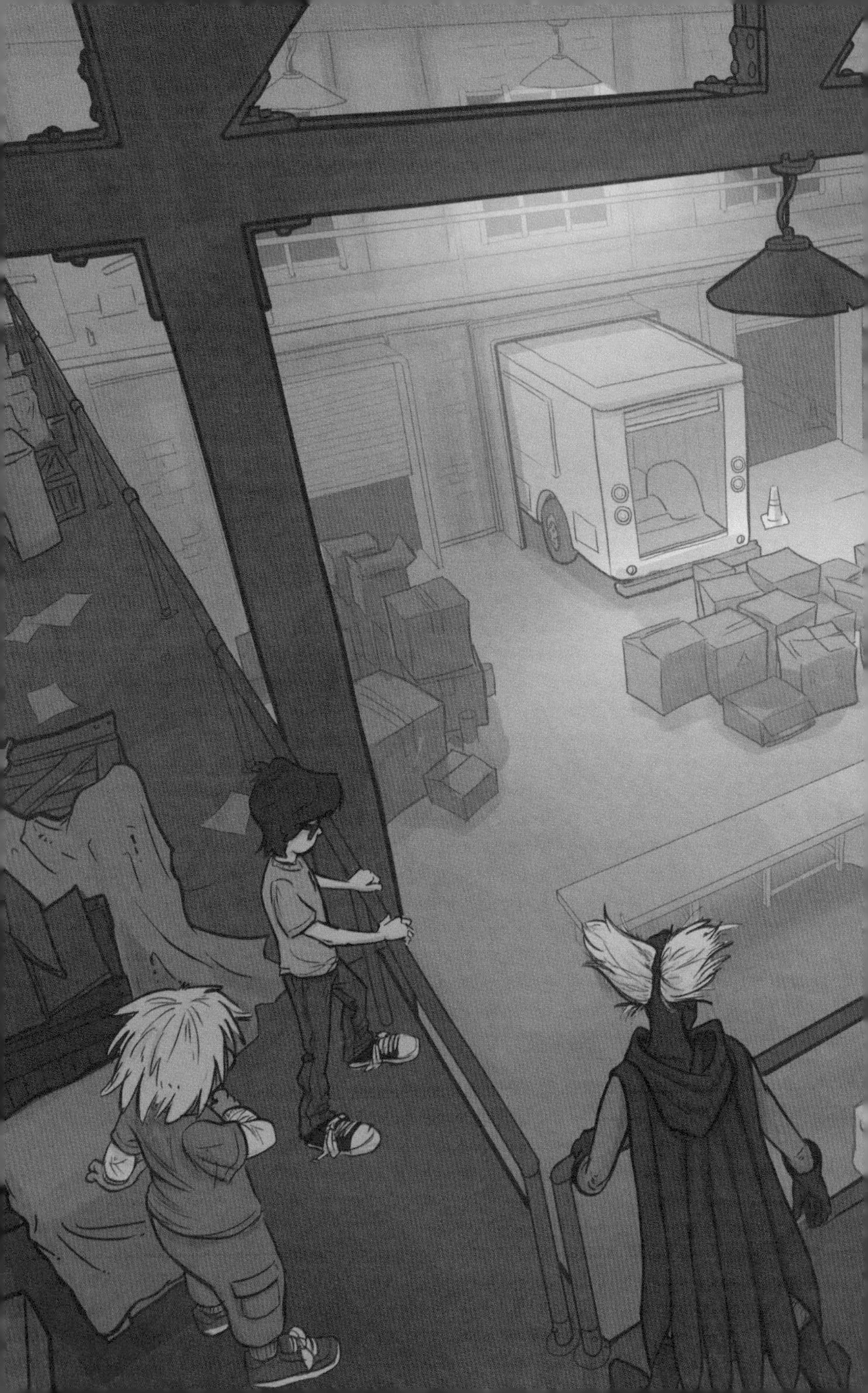

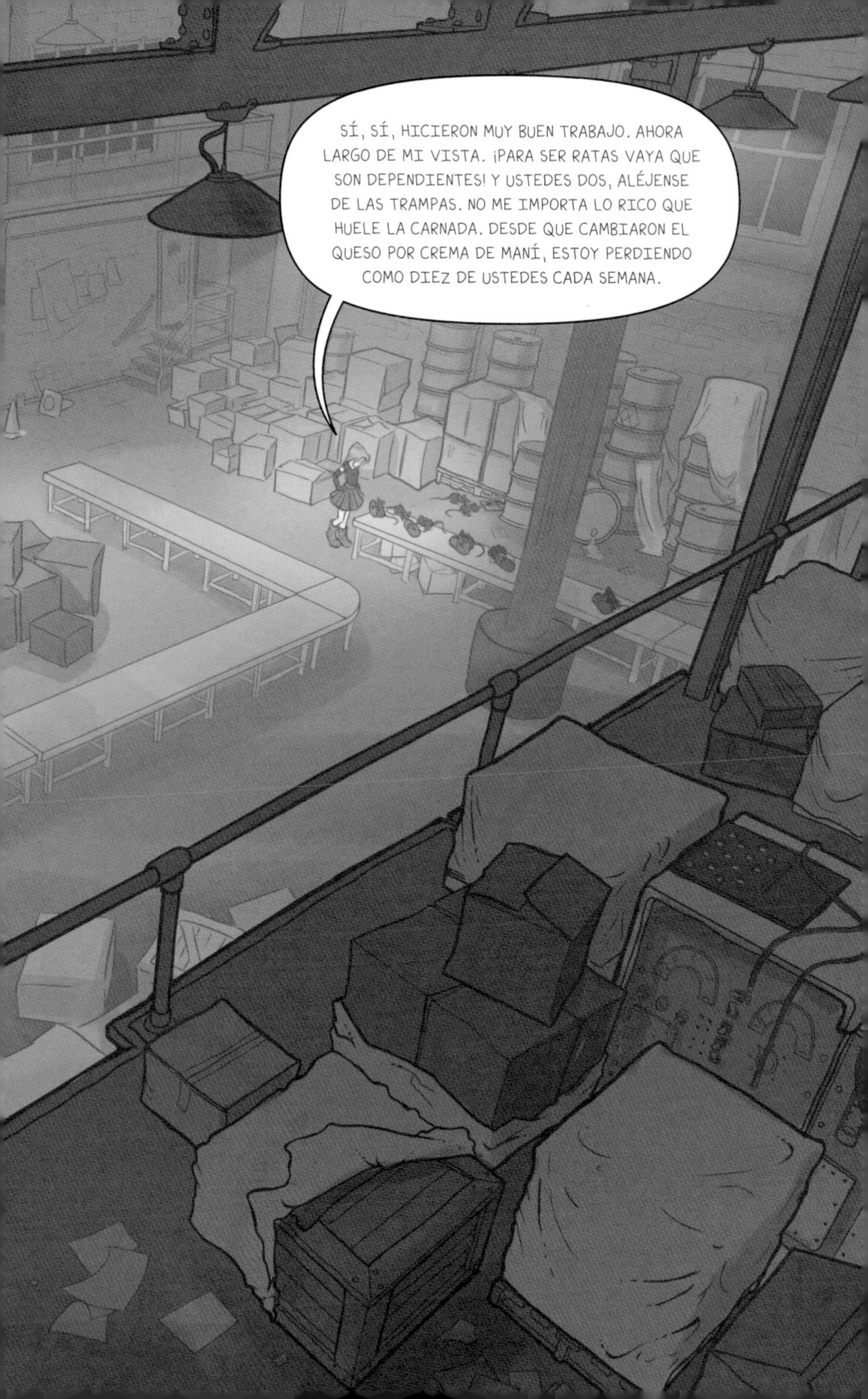
SÍ, SÍ, HICIERON MUY BUEN TRABAJO. AHORA LARGO DE MI VISTA. ¡PARA SER RATAS VAYA QUE SON DEPENDIENTES! Y USTEDES DOS, ALÉJENSE DE LAS TRAMPAS. NO ME IMPORTA LO RICO QUE HUELE LA CARNADA. DESDE QUE CAMBIARON EL QUESO POR CREMA DE MANÍ, ESTOY PERDIENDO COMO DIEZ DE USTEDES CADA SEMANA.

Búho Nocturno sonrió.

Hubieran visto cómo huyeron esas ratas cuando les saltó en medio.

Búho Nocturno acorraló a Debbie en una esquina y, uff, vaya que iba en serio. Estaba dispuesto a todo para hacerla hablar.

Estaba a punto de rendirse cuando las puertas se abrieron de par en par.

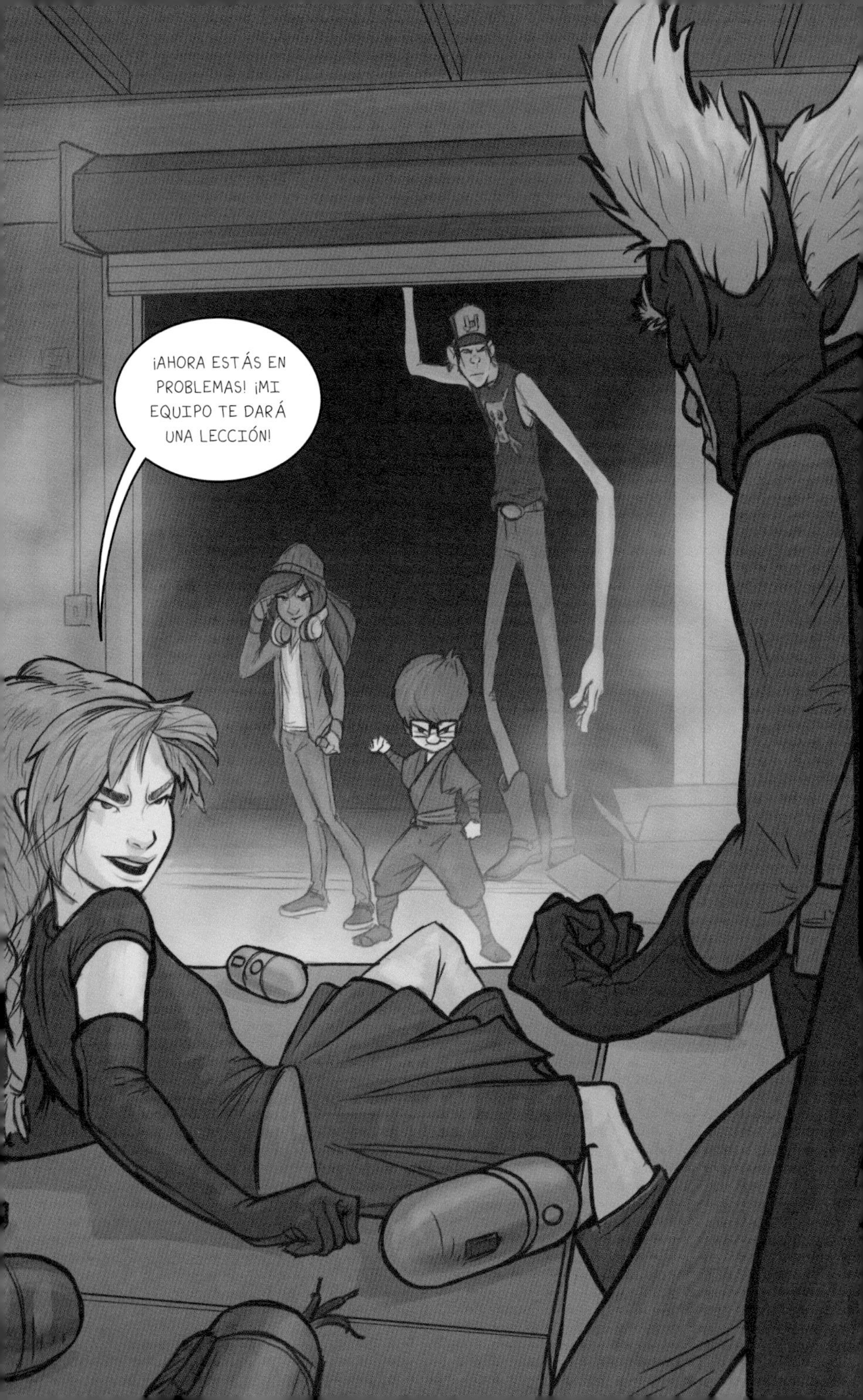
¡AHORA ESTÁS EN PROBLEMAS! ¡MI EQUIPO TE DARÁ UNA LECCIÓN!

Yo conocía a esos chicos. La niña era Tracy Giles. Era mi vecina. Teníamos un pasado. Todos la llamaban Chillido porque posee una voz superpoderosa, tan fuerte que puede derribar una casa...

... HASTA QUE LE DA EL ASMA.

Plasta era un año mayor que yo, pero aún íbamos a clases juntos. Eso te da una idea de qué tan buen estudiante era. Pensarías que con sus poderes sacaría muy buenas calificaciones, ya que puede estirar muchísimo todo su cuerpo.

Pero cuando lo hace, se tarda bastante en regresar a la normalidad.

No reconocí al niño en pijama.

Lewis y yo recibíamos un asqueroso baño de sudor de Plasta y además nos apretaba bastante fuerte.

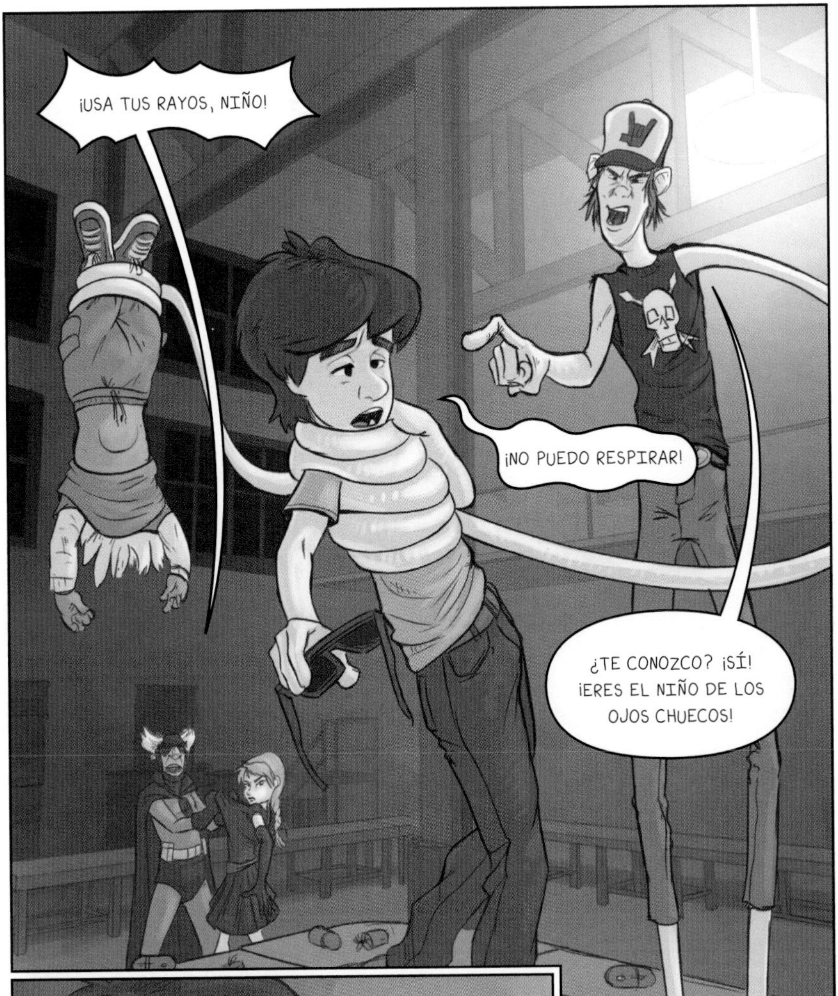
¡USA TUS RAYOS, NIÑO!
¡NO PUEDO RESPIRAR!
¿TE CONOZCO? ¡SÍ! ¡ERES EL NIÑO DE LOS OJOS CHUECOS!

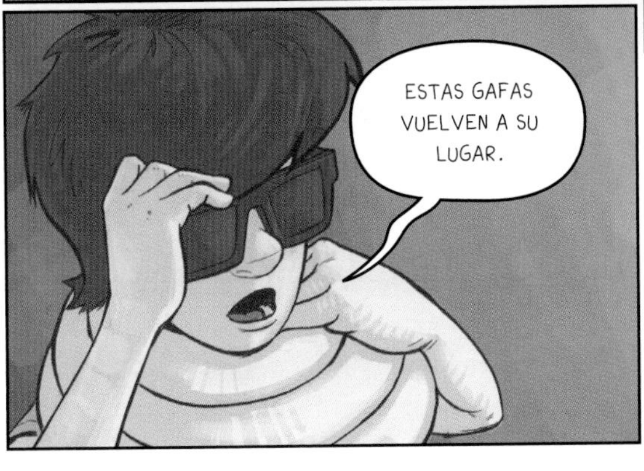
ESTAS GAFAS VUELVEN A SU LUGAR.

No podía usar mis rayos para quitarme de encima a Plasta porque no quería arruinar mis gafas, así que hice lo que cualquiera envuelto en un superbrazo apestoso haría.

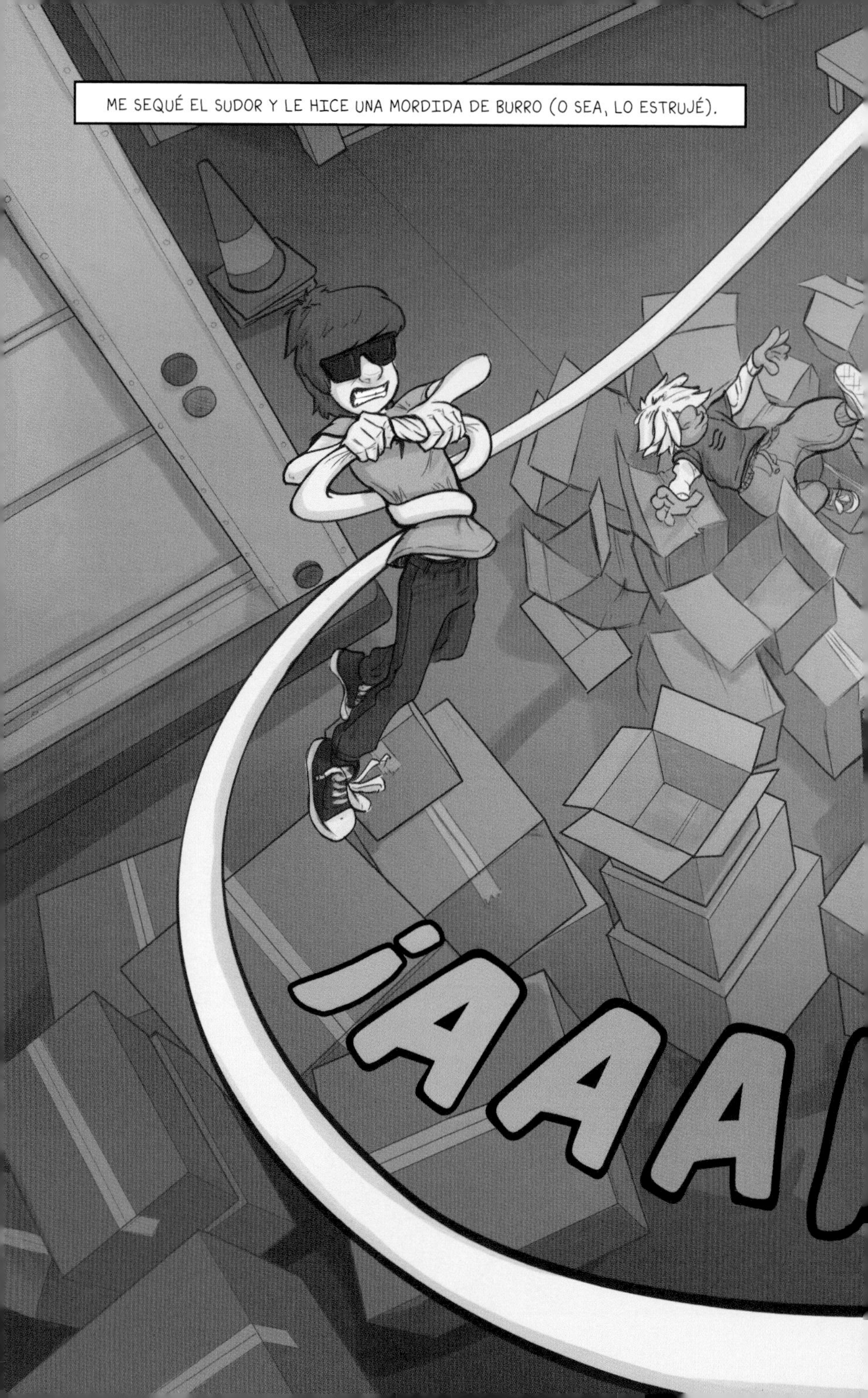
ME SEQUÉ EL SUDOR Y LE HICE UNA MORDIDA DE BURRO (O SEA, LO ESTRUJÉ).
¡AAA

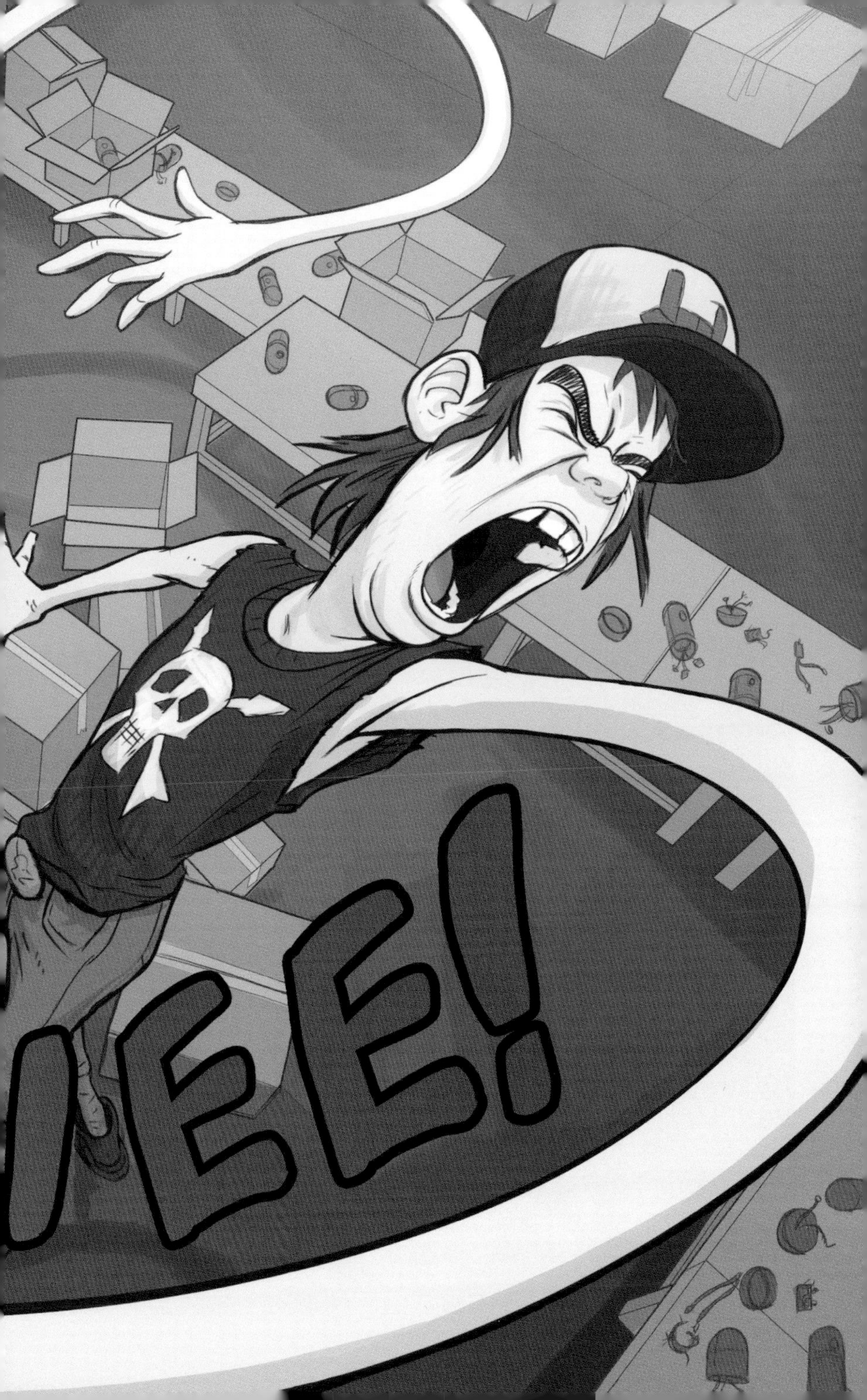
EE!

En eso, el niño ninja se volteó y arrojó como un millón de estrellas.

Lo bueno es que se las arrojó a un cartel...

Búho Nocturno seguía interrogando a Debbie. Sin sus ratas tuvo que pensar rápido. Y déjame decirte, lo que hizo fue tan genial como asqueroso.

Búho Nocturno trató de usar uno de sus aparatos contra el ninja, pero estaba tan viejo y oxidado que ya no servía. Así que se lo arrojó. Le dio justo en la cabeza.

Supongo que no lo vio venir.

Los brazos de Plasta se habían aflojado, así que los usaba como látigos, y Chillido logró recuperar suficiente aliento para gritarme de nuevo. Mi cabeza golpeó tan fuerte el suelo que casi se partió y mis rayos se volvieron locos. Bueno, más locos de lo habitual.

Lewis dijo lo que Plasta estaba pensando, así que el ninja pensó que había atacado accidentalmente a la persona equivocada. El ninja se teletransportó lejos de Lewis y terminó golpeando a Chillido en los riñones.

Era un caos; el tipo de caos fabuloso que sólo aparece en los cómics.

Hasta que Plasta casi nos mata a todos.

Huimos lo más rápido posible, lo cual fue difícil porque uno de nosotros tenía como doscientos años.

Salimos justo a tiempo.

Sólo para que sepan, saltar de un edificio que está explotando no es tan genial como se ve en las películas. Los oídos me zumbaban tan fuerte que no pude escuchar nada durante horas. No lo recomiendo.

CAPÍTULO DIEZ

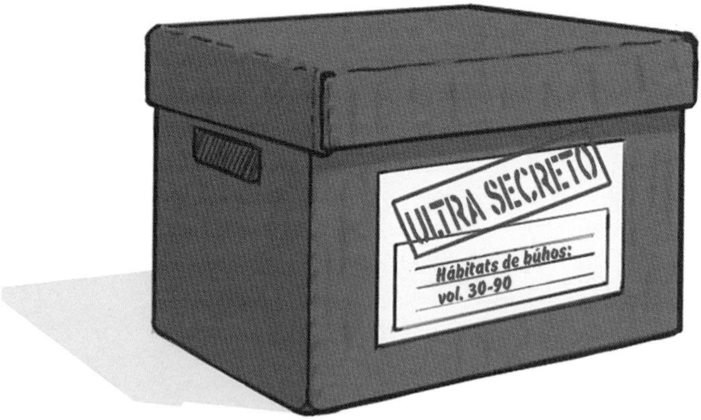
ULTRA SECRETO
Hábitats de búhos:
vol. 30-90

Por tercera vez al hilo, los malos se habían escapado. Lo peor es que, puesto que la bodega explotó, no teníamos ninguna otra pista que nos ayudara a rastrearlos.

Búho Nocturno dijo que tenía en su guarida toda la información recolectada sobre el Hombre Sin Nombre, así que nos metimos al carro y nos fuimos.

Esperaba que por dentro fuera un poco más impresionante.

No lo era.

¿Alguna vez has visto esos programas en la tele sobre acumuladores compulsivos que nunca tiran nada y terminan juntando tantas cosas durante años que ni siquiera se ve el piso, y deben escalar montañas de revistas y ropa para entrar a sus casas? Así era el interior de la casa de Búho Nocturno, pero peor.

Encontrar algo en ese desorden me parecía imposible.

Los tres nos pusimos a buscar información en los archivos de Búho Nocturno, pero yo terminé haciendo casi todo el trabajo.

Llamé a mi madre y le dije que me quedaría en casa de Lewis otra vez. Ella, por supuesto, respondió como sabía que lo haría.

Tras veinte minutos de revisar los archivos de Búho Nocturno me estaba volviendo loco y tuve que tomar un descanso. Quería ver la televisión, pero si Búho Nocturno tenía una, nunca la iba a encontrar debajo de toda la basura. Además, seguro sería una tele súper vieja en la que sólo se veían programas en blanco y negro.

Debía encontrar algo más con qué entretenerme. Fui al baño y llené un tazón con agua tibia. Mi plan era hacerle una broma a Búho Nocturno; colocar su mano en el agua para que se hiciera pipí en los pantalones, pero vi que se me había adelantado...

Mientras Búho Nocturno dormía como príncipe y Lewis trabajaba en sus obras maestras, yo volví a revisar los papeles. Encontré un directorio debajo de una pila de carpetas y llamé a todos los aliados del Hombre Sin Nombre, pero casi todos los supervillanos con los que se había relacionado ya habían muerto o eran demasiado ancianos para recordar su propio nombre.

Esto no nos iba a llevar a ningún lado. Lo único que sabíamos hasta el momento era que el Hombre Sin Nombre estaba usando a defectuosos para construir bombas. No teníamos ni idea de dónde las iba a colocar o cuándo las iba a detonar. Se nos acababa el tiempo para detenerlo antes de que hiriera a gente inocente.

Entonces, sucedió.

La hoja en la que Lewis estaba dibujando tenía una lista de los artículos que robaron los tipos de Secuaces S.A. en los últimos meses: un poste de tótem, puntas de flecha, algunas herraduras. Al principio creí que eran cosas al azar. Y de repente, lo vi: todas tenían algo en común.

¿QUÉ SUCEDE? ESTABA TENIENDO EL SUEÑO MÁS RARO DEL MUNDO...

LUEGO HABLAMOS DE TUS SUEÑOS RAROS DE ANCIANO. ESCUCHA, TODOS LOS ARTEFACTOS QUE EL HOMBRE SIN NOMBRE ROBÓ CONTIENEN AQUILENIO, LA ÚNICA DEBILIDAD DE SUPERTIPO. SI EL HOMBRE SIN NOMBRE TOMARA LA CIUDAD COMO REHÉN, EL SUPEREQUIPO LO CAPTURARÍA ANTES DE DESAYUNAR.

PERO CON UNA BOMBA LLENA DE AQUILENIO PODRÍA DERROTAR AL SUPEREQUIPO ENTERO DE UN SOLO GOLPE Y QUEDARÍA LIBRE PARA ATERRORIZAR EL MUNDO PARA SIEMPRE.

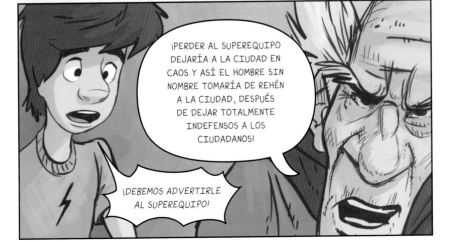

¡PERDER AL SUPEREQUIPO DEJARÍA A LA CIUDAD EN CAOS Y ASÍ EL HOMBRE SIN NOMBRE TOMARÍA DE REHÉN A LA CIUDAD, DESPUÉS DE DEJAR TOTALMENTE INDEFENSOS A LOS CIUDADANOS!

¡DEBEMOS ADVERTIRLE AL SUPEREQUIPO!

Por desgracia, el Superequipo no estaba muy dispuesto a escuchar.

Supertipo se rio y siguió diciendo que era el líder del mejor equipo de superhéroes de la ciudad y que nada ocurría en la ciudad sin que ellos supieran y que por eso no hacían falta otros héroes que la protegieran. Y que si la bomba era una amenaza real, el Superequipo ya sabría de ella, porque son tan perfectos que bla, bla, bla.

Luego hizo la peor cosa en la historia de las cosas.

Todo el Superequipo se rio de mí: Supertipo, Led Zapplin, Licanino, Hidracia, Trevor. Todos se rieron de mí frente al mundo entero.

En treinta segundos, mis ídolos me habían humillado frente a millones de personas y arruinado mi vida para siempre.

Cuando Supertipo por fin me soltó, corrí del escenario.

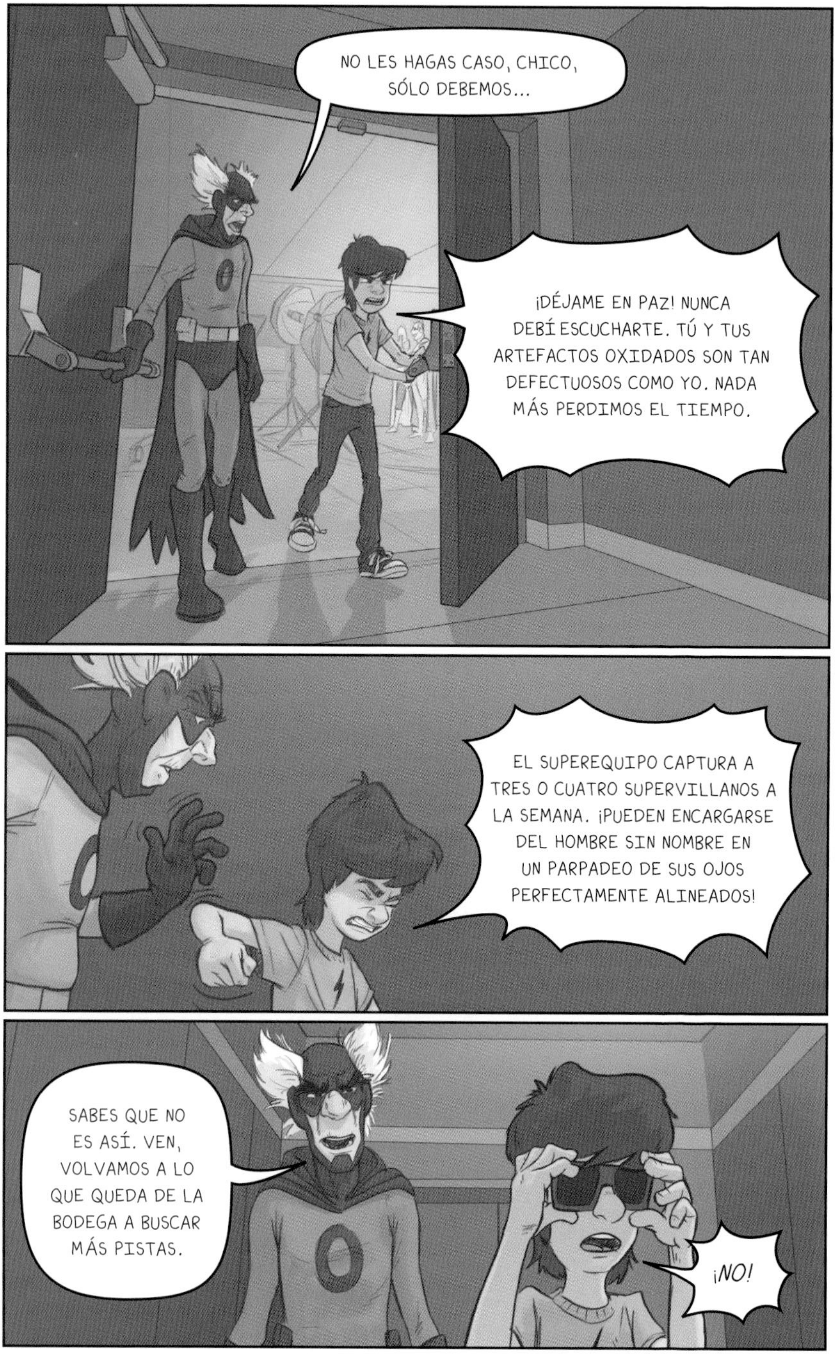
NO LES HAGAS CASO, CHICO, SÓLO DEBEMOS...
¡DÉJAME EN PAZ! NUNCA DEBÍ ESCUCHARTE. TÚ Y TUS ARTEFACTOS OXIDADOS SON TAN DEFECTUOSOS COMO YO. NADA MÁS PERDIMOS EL TIEMPO.
EL SUPEREQUIPO CAPTURA A TRES O CUATRO SUPERVILLANOS A LA SEMANA. ¡PUEDEN ENCARGARSE DEL HOMBRE SIN NOMBRE EN UN PARPADEO DE SUS OJOS PERFECTAMENTE ALINEADOS!
SABES QUE NO ES ASÍ. VEN, VOLVAMOS A LO QUE QUEDA DE LA BODEGA A BUSCAR MÁS PISTAS.
¡NO!

Cuando llegué a casa, me encontré en serios problemas. Mis padres creían que iba a estar todo el día en casa de Lewis, pero me acababan de ver en las noticias. En cuanto entré por la puerta, mi papá me castigó.

Así que era oficial: mi vida entera estaba arruinada.

CAPÍTULO
ONCE

Cuando me levanté al día siguiente, mis padres ya se habían ido al trabajo, así que quise jugar videojuegos para olvidarme un poco de mi asquerosa vida. Si lo hacía con ellos en casa se hubieran vuelto locos: los videojuegos fueron lo primero que me castigaron.

No pude salirme con la mía, porque al parecer mi hermana/hermanas habían decidido esconder globos de agua en mi consola, y ahora estaba empapada.

Así que prendí la tele.

Como mis padres estaban trabajando, yo estaba a cargo de mi hermana/ hermanas. Sólo había tres de ellas hoy, por suerte. Las vestí y les estaba dando el desayuno cuando Búho Nocturno se apareció.

Eso es justo lo que yo intentaba: ignorarlo.

Pero no se iba.

Finalmente, abrí la puerta y estaba listo para decirle sus verdades a Búho Nocturno...

Y luego se fue.

Subí a mi recámara y saqué mi "traje" de la mochila. Quizá Búho Nocturno tenía razón. El Superequipo ni siquiera pensaba que el Hombre Sin Nombre existiera, así que no haría nada para detenerlo. Lewis, Búho Nocturno y yo éramos los únicos que tomábamos en serio esta amenaza, y si alguien iba a detener al Hombre Sin Nombre, éramos nosotros.

Pero encontrarlo parecía imposible. Debbie sabía que estábamos tras de ella, así que no iba a mostrarse. Plasta se salió de la escuela el año pasado, así que no tenía idea de cómo encontrarlo. Nunca me había topado con el niño ninja antes, y a Chillido no la veía fuera de clases desde que se mudó. ¿Cómo rayos íbamos a rastrear al Hombre Sin Nombre?

Entonces, caí en la cuenta: acababa de responder mi propia pregunta. ¡Debbie, Plasta y Chillido tomaron clases en mi escuela!

Corrí a mi escritorio y saqué mi anuario. Pasando la sección de equipos deportivos, encontré lo que buscaba.

El anuario tenía collages dedicados a cada profesor con fotos de sus alumnos de años pasados. Y ahí estaban: Plasta, Chillido, Ninja y Debbie, todos en un mismo lugar. Y justo en medio de ellos estaba nuestro profesor de Historia, el señor Disher.

¡El hombre a quien buscamos estuvo justo bajo mis narices todo este tiempo! El señor Disher obviamente era el Hombre Sin Nombre y había creado un equipo de supervillanos con los estudiantes defectuosos que había tenido a través de los años. Si se hubiera asociado con un villano de verdad, el Superequipo ya sabría de ello, y le habría caído encima como los piojos a la cabeza de Plasta. Pero nadie sospecharía si el señor Disher formaba un equipo con defectuosos, porque nadie espera nada de ellos.

Por un momento me pregunté por qué no me pidió unirme a su equipo. Nunca habría accedido a su plan, claro, pero aun así, ni siquiera me preguntó.

O SEA, ENTIENDO POR QUÉ NO SE LO PIDIÓ A LEWIS.

EMPUJE

¿Era yo tan defectuoso que no daba el ancho ni para unirme a un equipo de defectuosos? Pues le mostraría al señor Disher, alias el Hombre Sin Nombre, lo que un defectuoso como yo es capaz de hacer.

CAPÍTULO
DOCE

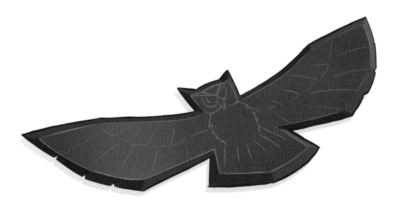

Lewis, Búho Nocturno y yo llegamos a la escuela justo al anochecer. Los estudiantes de las clases de verano ya se habían ido a casa.

Pero la luz en el salón del señor Disher seguía encendida.

¡BÚHO NOCTURNO LA ELIMINÓ CON UN BÚHORANG!

El viejo necesita ponerle nuevos nombres a sus artefactos. Digo, búhorang suena como a una cruza de búho y orangután.

ÉSA SERÍA UNA COMBINACIÓN PELIGROSA PORQUE LOS BÚHOS VEN MUY BIEN DE LEJOS Y A LOS PRIMATES LES GUSTA ARROJAR SU POPÓ.

SPLAT

¡UAGH! ¿QUIÉN TIRÓ ESO?

En cuanto se apagaron las luces entramos los tres para sorprender al Hombre Sin Nombre, pero los malos nos sorprendieron a nosotros.

Chillido gritó tan fuerte que abrió un agujero en la pared y nos mandó volando a través de él hasta el patio.

El señor Disher debía saber que veníamos por él. Antes de que pudiéramos levantarnos, Plasta estiró sus brazos y nos golpeó a cada uno en la cara. Hubiera bastado con que me acercara su cabeza llena de piojos para que saliera corriendo.

Búho Nocturno le arrojó más búhorangs a Chillido, y ella tuvo que gritar de nuevo para evitar que la clavaran en la pared.

Eso fue muy astuto de parte del Búho, pues aunque no le dio con ninguno, la dejó sin aliento.

Plasta nos sorprendió por detrás y nos rodeó el cuello con su brazo.
Miré hacia su codo y disparé mis rayos, lo cual fue un error.

¡Le di al cinturón de herramientas de Búho Nocturno y muchos de sus
artefactos se dispararon!

Plasta se rio tanto que casi nos suelta...

...entonces, todo el cinturón estalló en llamas.

Quizá me habría reído y todo de no ser porque el sudoroso brazo de
Plasta me estaba asfixiándo hasta la muerte. Empecé a marearme y a
ver todo borroso.

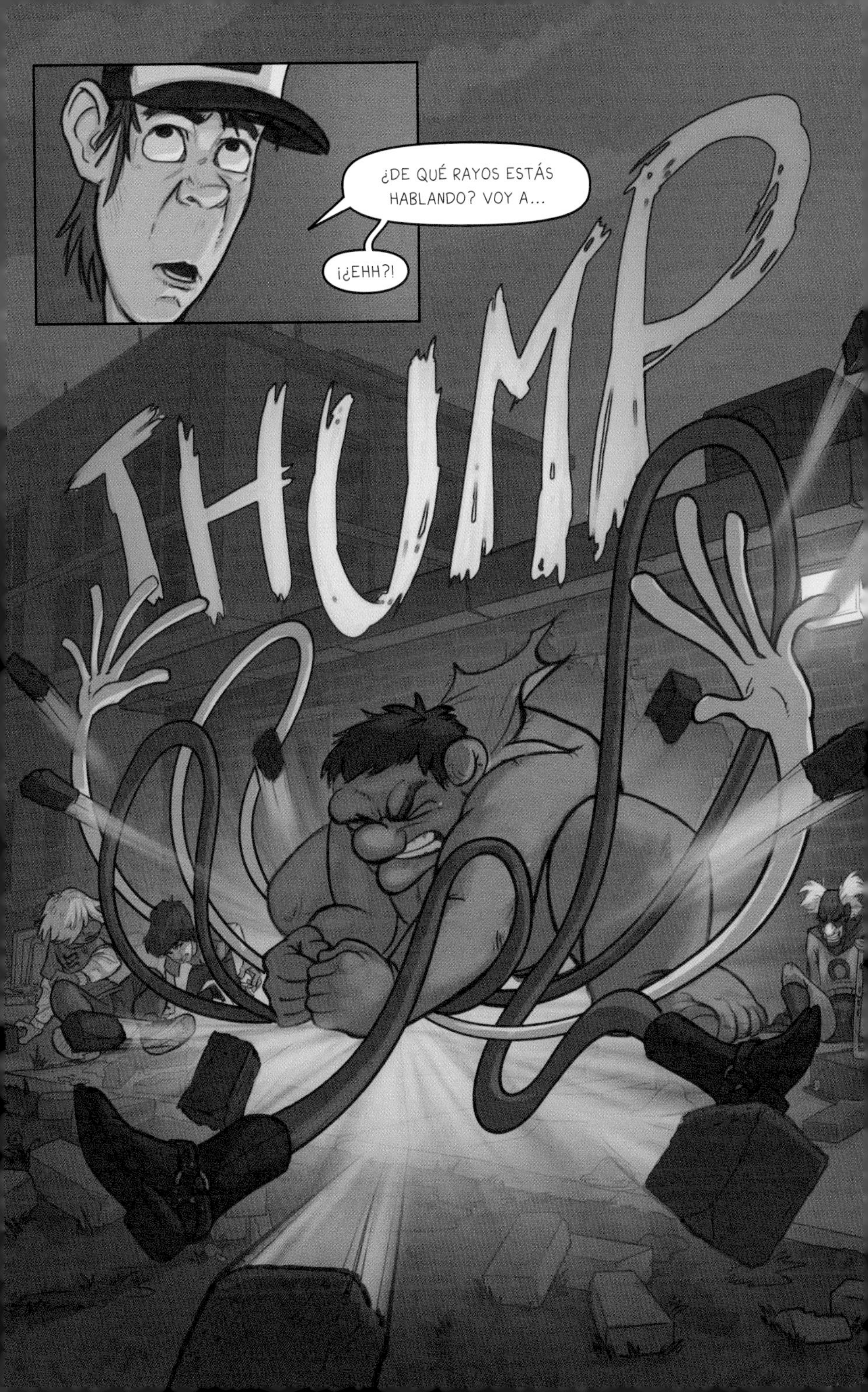
¿DE QUÉ RAYOS ESTÁS HABLANDO? VOY A...
¡¿EHH?!
THUMP

¡Llegaron justo a tiempo!

Le había enviado un mensaje a Tim y Crash, esperando que vinieran a ayudarnos, pero nunca me contestaron. Supongo que lo recibieron, lo cual me alegraba mucho en este momento.

Chillido se asustó cuando vio a Tim dejar a Plasta hecho... pues plasta. Dio otra aspirada a su inhalador y nos estrelló a gritos contra otra pared. Nos golpeó tan duro que hasta Tim se cayó.
Y entonces apareció Crash.

Chillido utilizó su onda de lobo feroz contra Crash, pero su poder no le sirvió de nada. Crash no podía girar o detenerse sin caer, pero para correr en línea recta era un as.

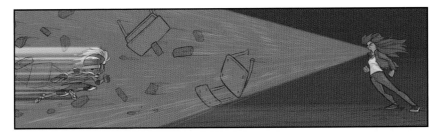

¡Deberían haber visto la cara de Chillido cuando Crash corrió a través de su grito y le quitó su inhalador!

Sin él, Chillido estaba prácticamente fuera de combate, y Plasta sería un charco de gelatina por unas horas. Tratamos de impedir que escapara, pero se escurrió por un drenaje.

Chillido corrió, y Crash la habría atrapado si ella no hubiera dado vuelta en una esquina.

Una vez más los malos se escaparon, pero al menos esta vez fue porque al fin los vencimos.

Sin villanos a quienes interrogar, fuimos en busca de más pistas. Por desgracia, el señor Disher había limpiado su salón. Todos los libros de historia, los carteles, todo lo que podría haber mencionado al Hombre Sin Nombre se había esfumado. Hasta se llevó el cartel del proyecto de fin de año de Trevor.

Me alivió que desapareciera. Ya era bastante malo escuchar de Trevor en las noticias y que todo mundo hablara de lo maravilloso que era para encima tener que sentarme en clase de historia todo el semestre con ese cartel y los comentarios del señor Disher, "muy detallado" y "excelente trabajo", escritos en el frente. Igual podría haber dicho "en esto también eres mejor que Marshall". Sé que eso no tiene sentido, porque Trevor hizo ese cartel antes de que yo tomara la clase del señor Disher, pero el mejor comentario que recibí de él fue "esto hizo llorar a mi gato".

Pero las sirenas de la policía a la distancia se hacían más ruidosas, y supimos que debíamos actuar rápido. Como dije, casi todo en el salón se había esfumado, pero encontramos pedazos de una fotografía en el bote de basura. Muchos estaban quemados, pero otros no estaban totalmente destruidos.

Lewis las tomó de mi mano y juntó la imagen más rápido de lo que creí humanamente posible. Debo recordar que él puede hacer eso la próxima vez que rompa uno de los jarrones de cristal de mi madre.

Costaba trabajo descifrar la fotografía cuando Lewis la terminó, pero se alcanzaba a distinguir al señor Disher y a un grupo de estudiantes frente al gran parque de atracciones hace unos años. Habían ido de visita escolar porque el Gran Caimán, uno de los villanos de nuestro libro de texto, era una atracción del parque.

Ojalá hubieran llevado a mi grupo al parque. La única visita escolar que hicimos fue a una fábrica donde hacen las capas del Superequipo.

Quemar la foto no tenía sentido.

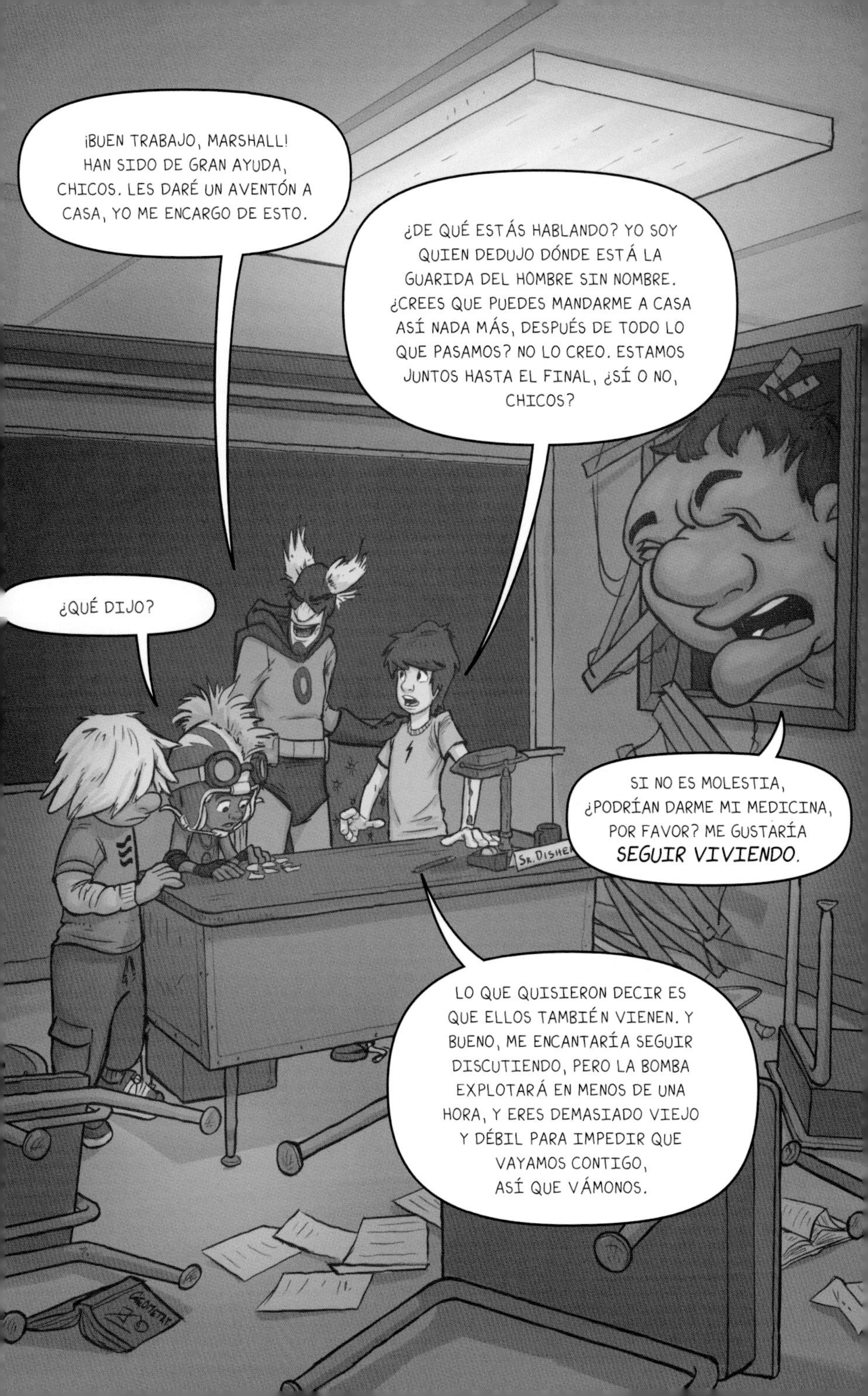
¡BUEN TRABAJO, MARSHALL! HAN SIDO DE GRAN AYUDA, CHICOS. LES DARÉ UN AVENTÓN A CASA, YO ME ENCARGO DE ESTO.
¿DE QUÉ ESTÁS HABLANDO? YO SOY QUIEN DEDUJO DÓNDE ESTÁ LA GUARIDA DEL HOMBRE SIN NOMBRE. ¿CREES QUE PUEDES MANDARME A CASA ASÍ NADA MÁS, DESPUÉS DE TODO LO QUE PASAMOS? NO LO CREO. ESTAMOS JUNTOS HASTA EL FINAL, ¿SÍ O NO, CHICOS?
¿QUÉ DIJO?
SI NO ES MOLESTIA, ¿PODRÍAN DARME MI MEDICINA, POR FAVOR? ME GUSTARÍA SEGUIR VIVIENDO.
SR. DISHER
LO QUE QUISIERON DECIR ES QUE ELLOS TAMBIÉN VIENEN. Y BUENO, ME ENCANTARÍA SEGUIR DISCUTIENDO, PERO LA BOMBA EXPLOTARÁ EN MENOS DE UNA HORA, Y ERES DEMASIADO VIEJO Y DÉBIL PARA IMPEDIR QUE VAYAMOS CONTIGO, ASÍ QUE VÁMONOS.
GEOMETRY

CAPÍTULO TRECE

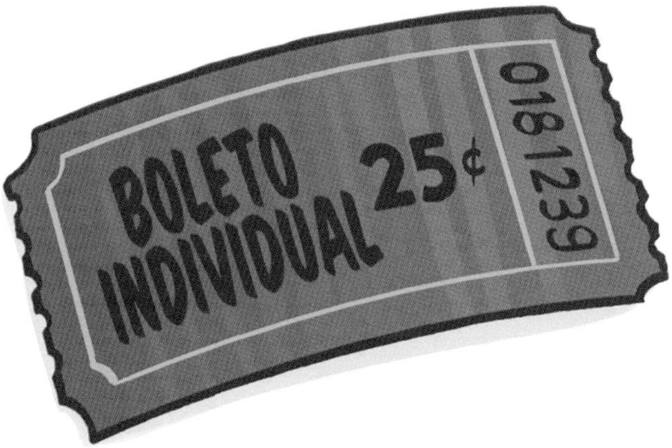
BOLETO INDIVIDUAL
25¢
0181239

Estoy seguro de que rompimos como cien reglas de tránsito en el camino a la feria, pero para como maneja el Búho nocturno, ¡cumplí la de ponerme el cinturón!

¡FÍJATE EN EL CAMINO, LOCO! ¡VAS A MATAR A ALGUIEN!

¡DESPACIO!

CREO QUE ME DEJARÉ PUESTO EL CASCO.

NO ME SIENTO MUY BIEN...

El gran parque de atracciones había cerrado dos meses antes porque el Superequipo necesitaba el lote para añadir otra ala a su base de operaciones. El parque estaba justo al lado de su edificio y lo demolerían para construir un museo del Superequipo. ¡Incluso pensaban cobrar la entrada!

Por cierto, si quieres pegarte un buen susto, olvídate de ir a parques temáticos en Halloween donde todos se visten de zombis y te saltan por detrás desde un rincón oscuro. Basta con ir a un viejo parque de atracciones con las luces apagadas. ¡Uf!

Me quedé justo en medio del grupo. He visto suficientes películas de horror para saber que las personas que caminan hasta atrás son a las primeras que se comen y a las que van enfrente todo les salta encima.

Dejé que Lewis llevara la delantera esta vez.

Por suerte, no debimos deambular afuera por mucho tiempo. Todas las carpas estaban a oscuras, menos la arena de circo. Nos acercamos a una de las ventanas para asegurarnos de que estábamos en el lugar correcto. Como era de esperarse, ahí estaba el señor Disher y no sonaba nada contento.

Iba a trepar por la ventana pero una rata dio la vuelta en la esquina del edificio justo cuando Crash me iba a impulsar. Nos pegamos a la pared y aguantamos la respiración.

NADIE SE MUEVA. DEBE SER UNA RATA DE DEBBIE.

Y CLARO, UN PEDAZO DE CACAHUATE SE CAYÓ Y REBOTÓ JUSTO HACIA NOSOTROS.

No podía creer que aún no nos viera.

PERO VIO LA SOMBRA DE BÚHO NOCTURNO.

De algún modo, cuatro niños con superpoderes y un tipo con un millón de superartefactos no pudieron atrapar a una rata. El bicho volvió a entrar de inmediato y segundos después estábamos cara a cara con todo el equipo del Hombre Sin Nombre.

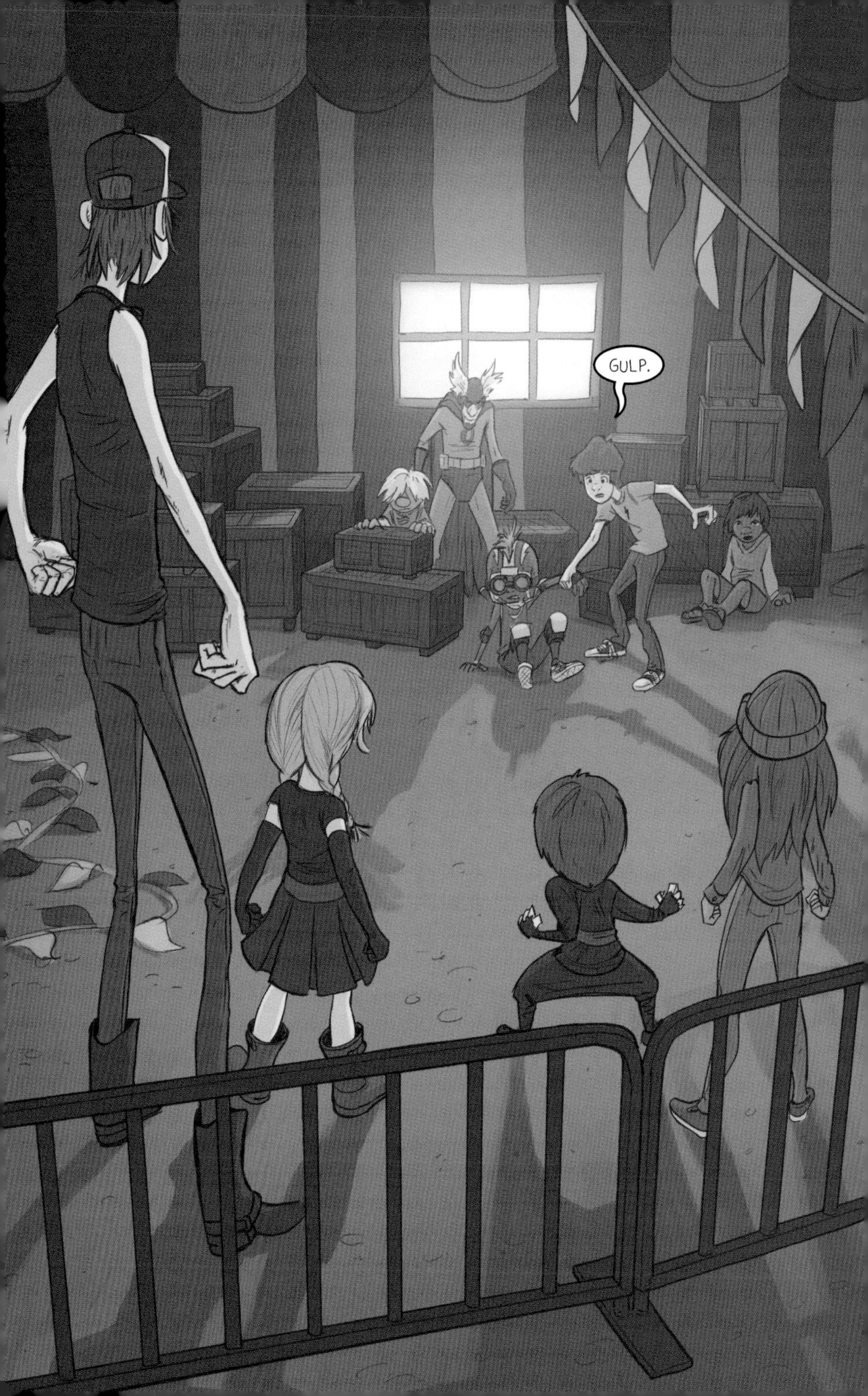
GULP.

¡YI-JAA, A MONTAR, VAQUERO!
¡AUUCH!
¡MUÉRDANLES LA CARA, JÁLENLES EL CABELLO, HAGAN LO QUE TENGAN QUE HACER PERO NO ME TOQUEN!

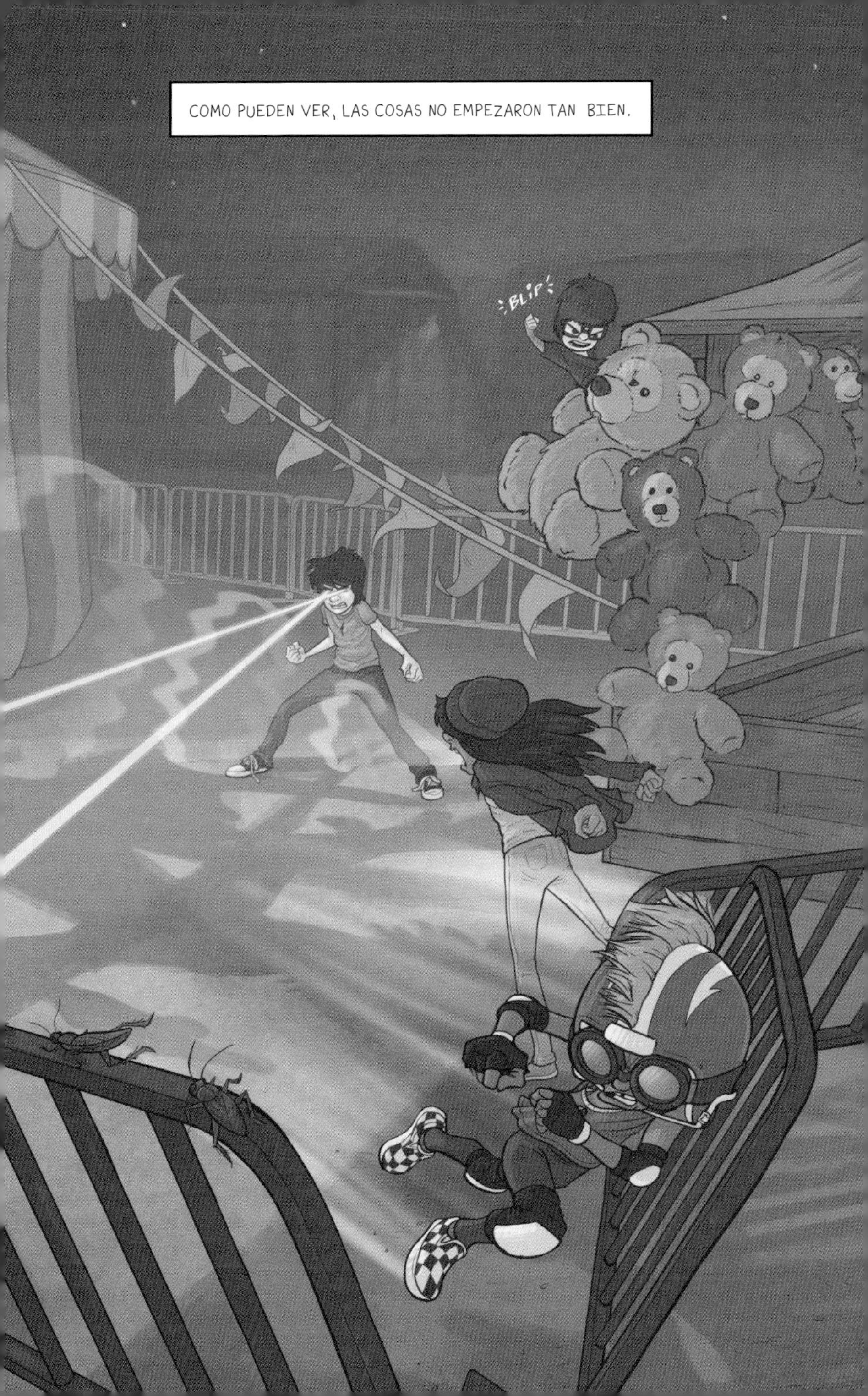
COMO PUEDEN VER, LAS COSAS NO EMPEZARON TAN BIEN.
BLIP

Ninja se la pasó increíble desapareciendo cada vez que Crash lo embestía.

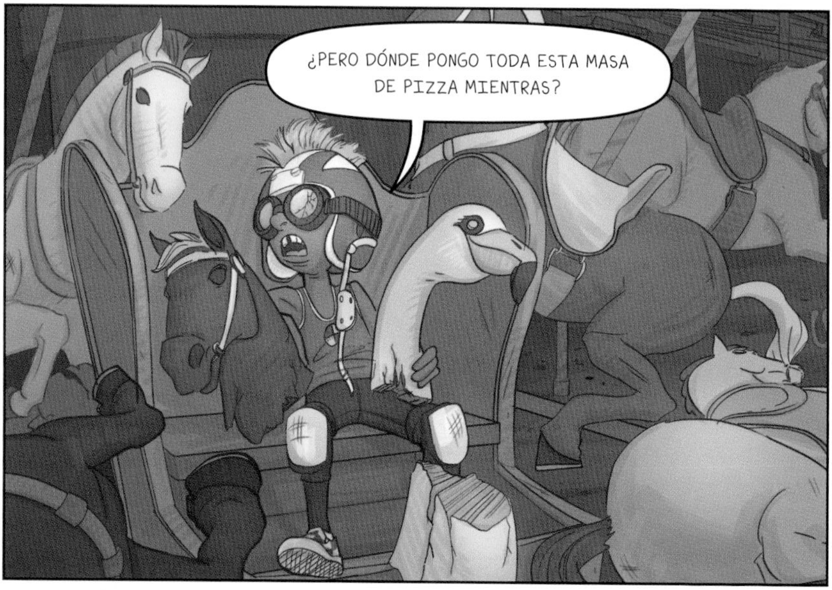
¿PERO DÓNDE PONGO TODA ESTA MASA DE PIZZA MIENTRAS?

Afortunadamente, la estrategia del ninja se volvió en su contra.

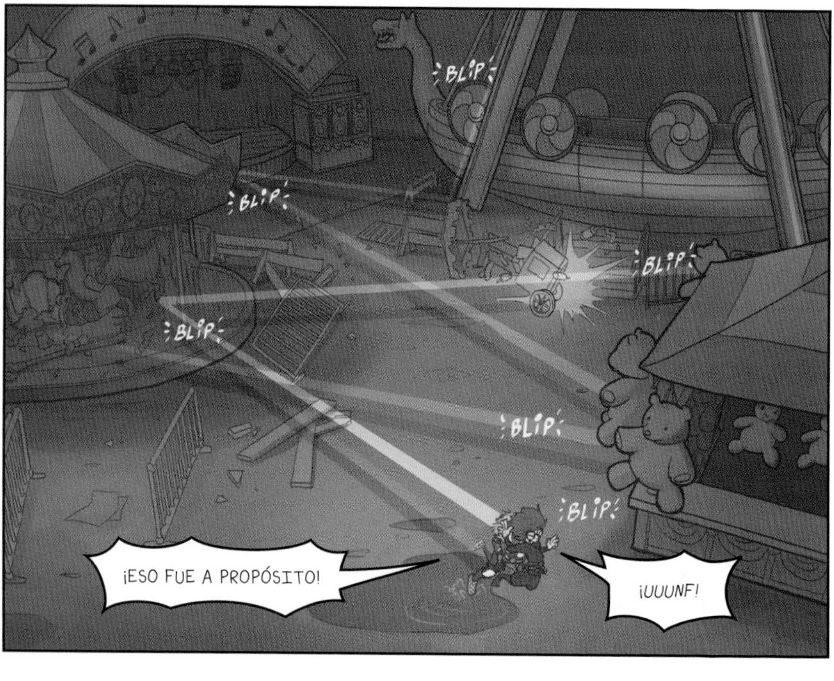
BLIP
BLIP
BLIP
BLIP
BLIP
BLIP
¡ESO FUE A PROPÓSITO!
¡UUUNF!

Las mascotas de Debbie decidieron jugar role con los cacahuates de Tim.

¡EY, VAMOS! ¿NO PUEDEN HALLAR ALGO MEJOR QUÉ COMER EN UN BASURERO? CREO QUE VI PIZZA EN AQUEL CONTENEDOR. ¡ESTOS CACAHUATES NI SIQUIERA TIENEN SAL!

Tim decidió jugar también. Tomó a una rata y se la arrojó a un mapache que esperaba atrapar los cacahuates. La bolsa cayó al suelo, pero muy lejos de Tim como para alcanzarla antes que las mascotas de Debbie. Así que le dio un pisotón a la tabla en la que cayó la bolsa, y ésta voló justo hacia su mano.

Después de eso ya no quisieron jugar más.

Mientras tanto, Búho Nocturno arrojó unas bombas de humo para
ocultarse de Chillido, pero ella gritó y disipó el humo. Su siguiente táctica
fue esconderse en las sombras...

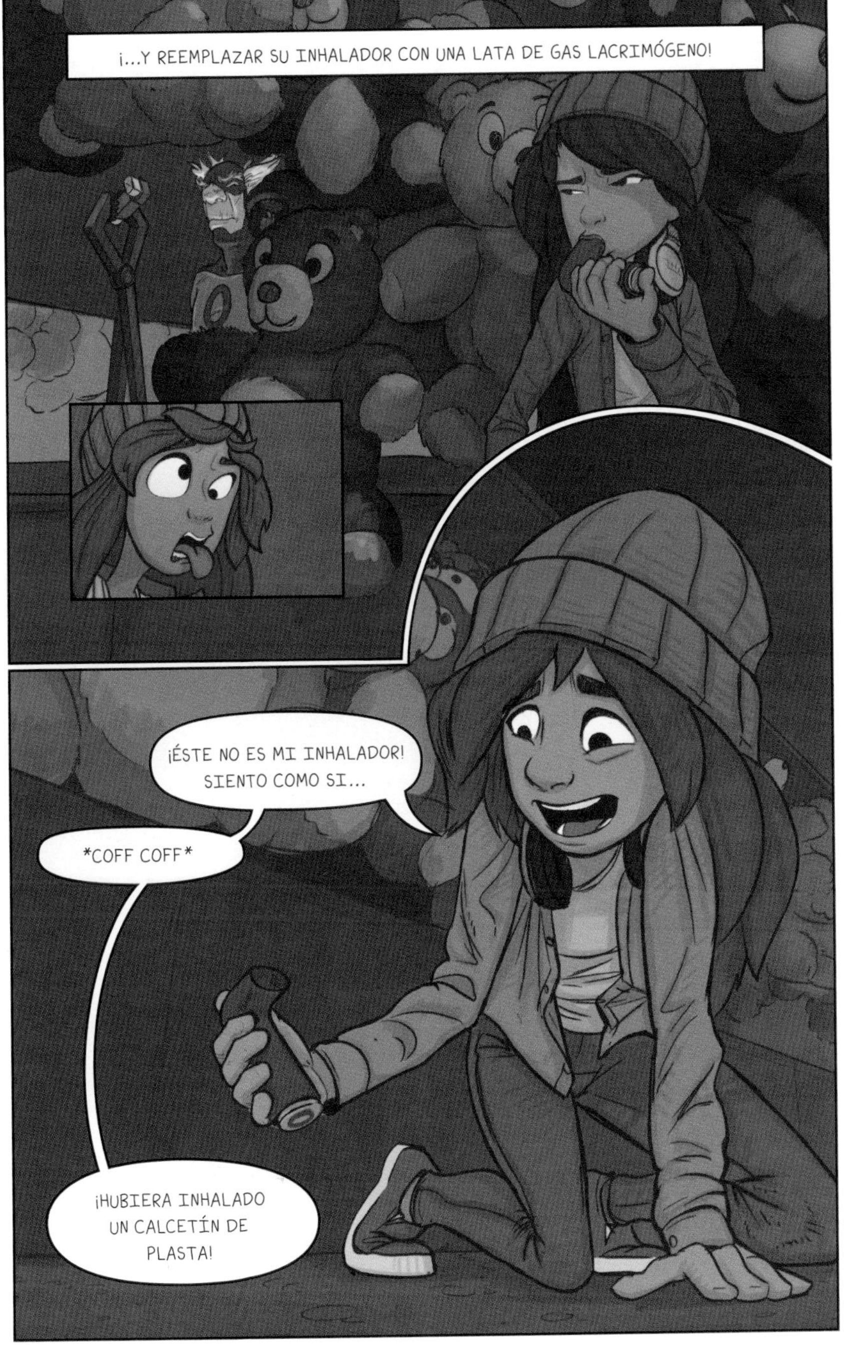
¡...Y REEMPLAZAR SU INHALADOR CON UNA LATA DE GAS LACRIMÓGENO!
¡ÉSTE NO ES MI INHALADOR! SIENTO COMO SI...
COFF COFF
¡HUBIERA INHALADO UN CALCETÍN DE PLASTA!

A propósito de Plasta, había conseguido ponerle las manos encima y liberar a Lewis. Lo metí en un bote de basura, pero se resistía tanto que no podía mantenerlo adentro.

Empezaba a recuperar su forma, y en cuanto consiguió salir me envolvió con uno de sus brazos sudados.

Por suerte ya había ido al baño, porque Plasta me apretó tan fuerte que casi necesité ese cambio de ropa interior que siempre me recuerda mi madre.

No sé qué le pasa, pero le encanta estrujar a la gente. Era la tercera vez en una semana que me apretaba casi hasta matarme, y ahora tenía mis dos manos atrapadas, así que no podía retorcer su brazo para deshacerme de él. Tim estaba ocupado haciendo de Jackie Chan contra los mapaches, así que él tampoco iba a salvarme.

Faltaba poco para que me desmayara, así que hice algo que había jurado no volver a hacer.

Volé.

CAPÍTULO CATORCE

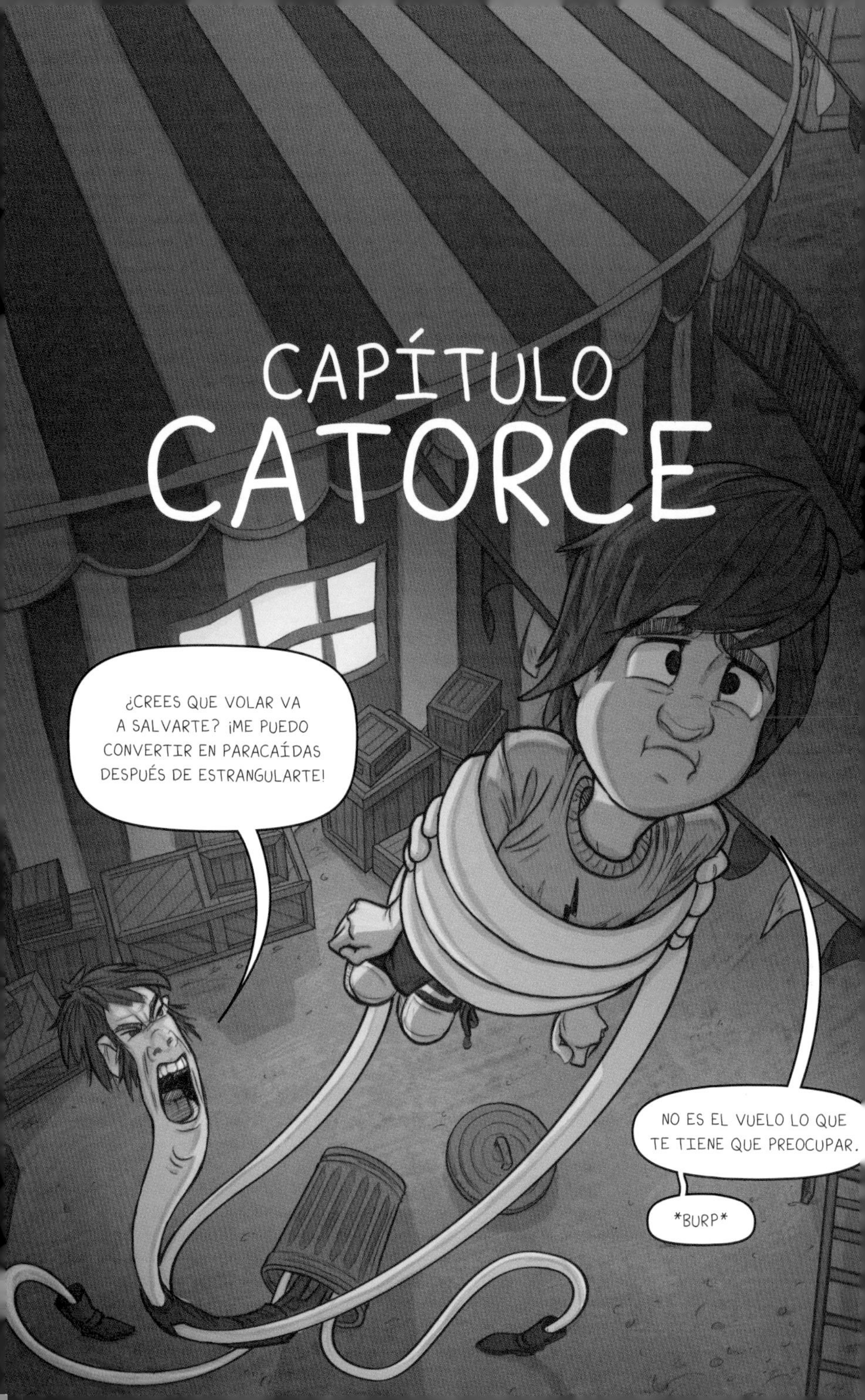
¿CREES QUE VOLAR VA A SALVARTE? ¡ME PUEDO CONVERTIR EN PARACAÍDAS DESPUÉS DE ESTRANGULARTE!
NO ES EL VUELO LO QUE TE TIENE QUE PREOCUPAR.
BURP

Y pues sí, me soltó después de eso. Y mientras bajaba, se acercó un poco de más a Chillido, quien aún daba supertosidos por el gas lacrimógeno.

Tras derrotar a Chillido, Plasta y el ejército de mascotas de Debbie, nos reunimos en la puerta y corrimos adentro para enfrentar al señor Disher, alias el Hombre Sin Nombre.

Después de tantos años, Búho Nocturno por fin estaba cara a cara con su enemigo mortal. Saltó al escritorio y sujetó al señor Disher de la camisa. Pero al levantarlo, su silla se levantó con él.

¿Por qué el Hombre Sin Nombre estaría atado a una silla?

Pero si el señor Disher no era el Hombre Sin Nombre, ¿entonces quién era?

Era la pantalla perfecta. Cuando advertimos al Superequipo sobre la bomba, Trevor decidió eliminar todas las pruebas de la escuela, y de seguro el señor Disher tuvo la mala suerte de estar en su salón cuando aquél llegó acompañado de su malvado equipo defectuoso.

Entonces, sus secuaces llegaron rengueando.

POR FAVOR, CON CALMA. NO ES QUE TENGAMOS EL TIEMPO JUSTO O ALGO. ¡SABÍA QUE ERAN PERDEDORES, PERO NO QUE FUERAN TAN INCOMPETENTES COMO PARA NO PODER CONTRA CUATRO DEFECTUOSOS Y UN RECHAZADO DEL ASILO DE ANCIANOS!
ES QUE TODO SE...
NO QUIERO ESCUCHARLOS. ¡TENEMOS MUCHO TRABAJO, Y POR INÚTILES COMO USTEDES, YO DEBO HACER MUCHO MÁS DE LO NORMAL!

¿POR QUÉ DEJAN QUE LES HABLE ASÍ?

Entonces, como todo supervillano, reveló su plan maestro.

El sistema de seguridad del Superequipo habría detectado la bomba si él hubiera tratado de introducirla, pero en todos los edificios hay ratas.

Las ratas de Debbie habían metido a escondidas la bomba, pedazo a pedazo, durante meses. Y como Led Zapplin podía detectar cualquier intento de detonar la bomba remotamente, algunos roedores se quedarían para activarla.

Las ratas conocían su tarea, y ya estaban adentro, esperando a que dieran las 9:15 para empezar.

Chillido, Plasta, Debbie y Ninja atacaron a Trevor al mismo tiempo. Pero son defectuosos, y él es un superhéroe (de hecho es más bien un supervillano).

Chillido le gritó con tanta fuerza que el muro detrás de él salió volando, pero Trevor se quedó como si nada.

LUEGO LA ENCERRÓ
EN LA JAULA.

Plasta atacó con un montón de golpes y patadas, sus extremidades extendidas volando por todos lados, pero Trevor las esquivó bostezando. Y también encerró a Plasta.

Debbie lo atacó con todos los animales que tenía.

Luego Trevor enfrentó a Ninja, quien se teletransportó dentro de la jaula y le dio una patada voladora a Debbie en la cabeza. Ella le gritó y él se volvió a teletransportar...

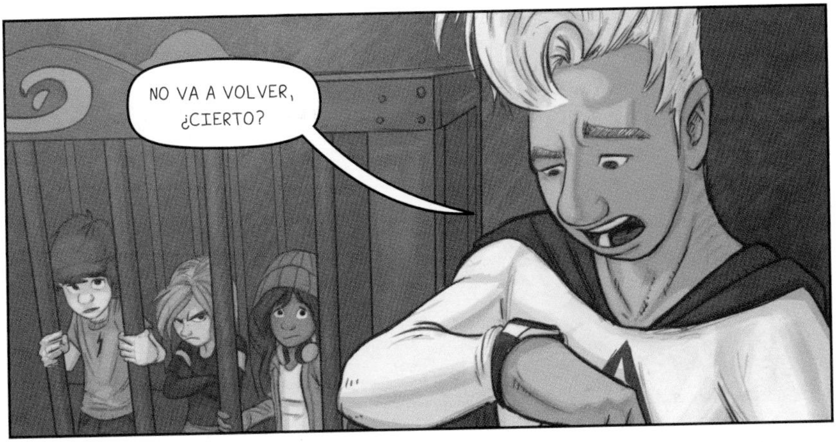
NO VA A VOLVER, ¿CIERTO?

Trevor seguramente pensó que los defectuosos lo traicionarían cuando descubrieran su plan real, porque un montón de tipos de Secuaces S.A. llegaron a la arena. Parecía que se estaban preparando para tomar fotos de la explosión, mientras Trevor practicaba el discurso que daría frente a las cámaras.

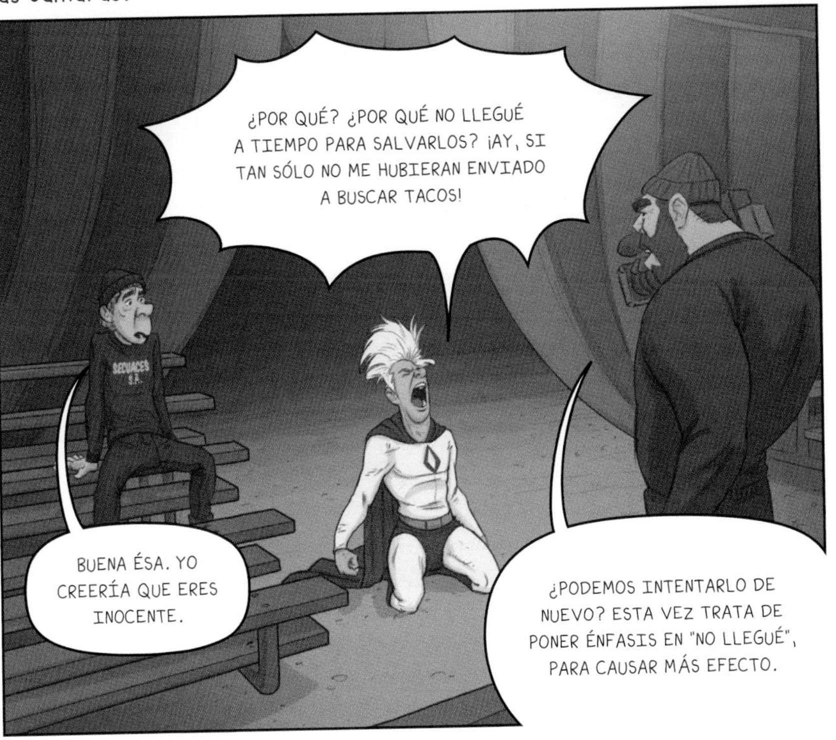
¿POR QUÉ? ¿POR QUÉ NO LLEGUÉ A TIEMPO PARA SALVARLOS? ¡AY, SI TAN SÓLO NO ME HUBIERAN ENVIADO A BUSCAR TACOS!
SECUACES S.A.
BUENA ÉSA. YO CREERÍA QUE ERES INOCENTE.
¿PODEMOS INTENTARLO DE NUEVO? ESTA VEZ TRATA DE PONER ÉNFASIS EN "NO LLEGUÉ", PARA CAUSAR MÁS EFECTO.

Después de eso, Trevor fue a alistarse para su actuación, pero dejó a unos secuaces para cuidar que no nos escapáramos.

Uno pensaría que con todos nuestros poderes combinados nos sería fácil escapar de una simple jaula, pero el cuerpo de Plasta estaba totalmente extendido cuando Trevor lo amarró, Crash no tenía espacio para echarse a correr, Chillido no podía respirar por el gas que había inhalado y las herramientas de Búho Nocturno seguían fallando. Yo no tenía puntería suficiente para cortar los barrotes. La hinchazón de Tim ya había pasado y Lewis era... pues Lewis.

Pero entonces Ninja se teletransportó de regreso.

Y ni idea de a dónde se fue, como de costumbre.

Así que estábamos por nuestra cuenta.

CAPÍTULO QUINCE

Conociendo a Ninja, nunca iba a volver. Tampoco importaba. Aunque escapáramos de la jaula, no podíamos detener la bomba con nuestros poderes defectuosos. Además, Debbie nos dijo que las ratas que permanecían adentro para activar la bomba estaban solas: harían exactamente lo que ella les indicó hasta que escucharan su voz de nuevo, y no había modo de llegar a ellas a tiempo para detenerlas.

Trevor probablemente haría que todo pareciera nuestra culpa. Ahora que nos tenía cautivos, nadie lo cuestionaría. Después de todo, sólo éramos un montón de rechazados, y él era el héroe de la ciudad y un miembro confiable del Superequipo.

Justo entonces, una de las ratas de Debbie pasó cerca de nosotros. Ella la llamó y la mandó a conseguir las llaves de la jaula, pero entonces pasó por una trampa para ratas con crema de cacahuate.

No le hizo caso.

Y así perdimos oficialmente nuestra última esperanza.

O eso creímos.

POR SUERTE, AÚN QUEDABA ALGO DE CREMA DE CACAHUATE EN LA TRAMPA. ¡Y TENÍA TROCITOS CRUJIENTES!

O YO ESPERABA QUE ESO FUERAN TROCITOS CRUJIENTES.

Tim no tenía muchas ganas de comerla y no lo culpábamos. O sea, no había modo de saber cuánto tiempo llevaba en la trampa. Además, una rata acababa de lamerla.

Pero debíamos salir de la jaula para detener a Trevor y salvar al Superequipo. Así que hicimos lo que hacen los chicos al encontrar algo asqueroso: lo retamos a comerla.

¡HAZLO! ¡HAZLO! ¡HAZLO! ¡HAZLO! ¡HAZLO! ¡HAZLO! ¡HAZLO! ¡HAZLO! ¡HAZLO!

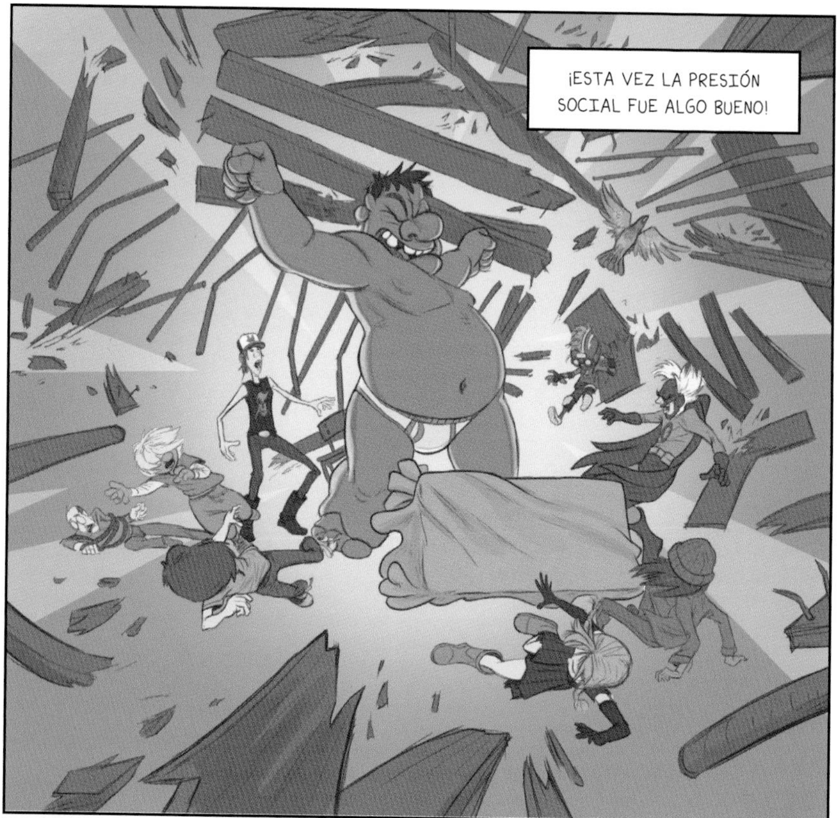
¡ESTA VEZ LA PRESIÓN SOCIAL FUE ALGO BUENO!

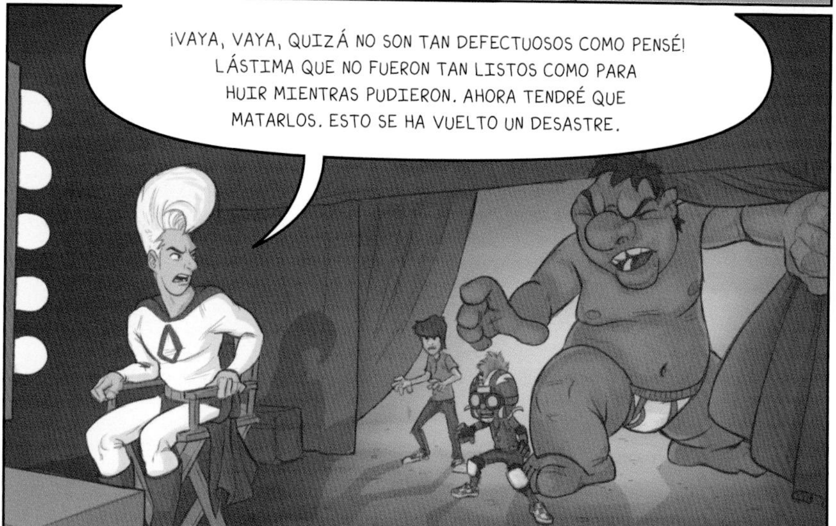
¡VAYA, VAYA, QUIZÁ NO SON TAN DEFECTUOSOS COMO PENSÉ! LÁSTIMA QUE NO FUERON TAN LISTOS COMO PARA HUIR MIENTRAS PUDIERON. AHORA TENDRÉ QUE MATARLOS. ESTO SE HA VUELTO UN DESASTRE.

Sus secuaces nos atacaron, pero estábamos listos para la acción.

No fue fácil, pero nos defendimos.

Plasta usó sus extremidades para noquear a cinco de ellos a la vez.

Ninja reapareció, y Debbie le puso cascabeles de un viejo disfraz a unos cuantos secuaces para que Ninja supiera a quién debía atacar.

Debbie se metió en aprietos...

...hasta que su ejército peludo vino al rescate.

Chillido estaba atacando muy bien hasta que se quedó sin aliento. Uno de los secuaces la sujetó por detrás. Ella manoteó y pataleó pero él le quedaba fuera de alcance. No tenía su inhalador, pero sí el contenedor de gas de Búho Nocturno.

Hasta yo me vi genial. Hice que varios delincuentes me siguieran a la casa de los espejos.

Pateamos traseros de secuaces con ganas. Y creo que demostramos que hasta los defectuosos pueden ser la onda.

Pero aún faltaba Trevor.

Corrimos a ayudar, pero Búho Nocturno cerró la puerta para evitarlo.

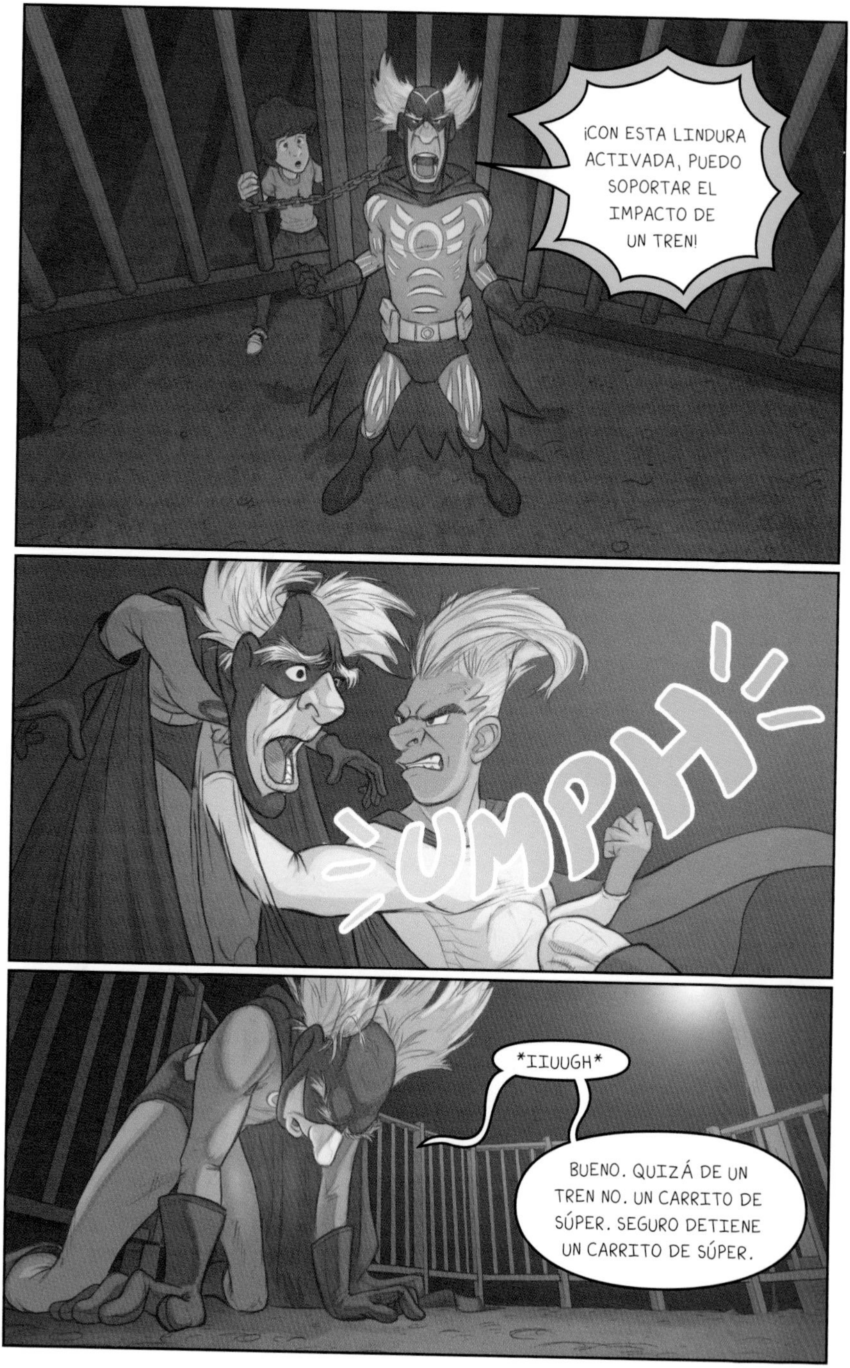
¡CON ESTA LINDURA ACTIVADA, PUEDO SOPORTAR EL IMPACTO DE UN TREN!
UMPH
IIUUGH
BUENO. QUIZÁ DE UN TREN NO. UN CARRITO DE SÚPER. SEGURO DETIENE UN CARRITO DE SÚPER.

Lo intentamos muchas veces, pero no logramos abrir la puerta de la jaula. Le rogué a Búho Nocturno que nos dejara entrar, pero no me escuchaba.

¡Búho Nocturno nos mintió! Él no creía que pudiéramos ser héroes. Por eso se encerró en una jaula para encargarse de Trevor por sí solo. Debimos haber luchado contra Trevor juntos, como un verdadero equipo.

Trevor le clavó un puño en el estómago y Búho Nocturno cayó
estrepitosamente.

Entonces, Trevor lo levantó y lo arrojó tan fuerte que Búho Nocturno rompió la jaula y se estrelló contra un muro, que después le cayó encima. Cuando el polvo se disipó apenas podía ver a Búho Nocturno bajo los escombros. No se movía.

Tengo que reconocerlo: Chillido y los demás no vacilaron ni un segundo antes de irse contra Trevor, uno de los superhéroes-villanos más fuertes y poderosos que haya visto.

El grito de Chillido tomó por sorpresa a Trevor, y lo acorraló contra una pared, aunque sólo por un segundo. Eso le dio tiempo a Plasta de envolver sus brazos alrededor del cuello de Trevor, pero no hizo más que irritarlo. Luego Tim sujetó a Trevor con un abrazo de oso gigante, pero Trevor se liberó y lo lanzó a través de una pared. Crash lo embistió con la cabeza, pero sólo logró azotarse el cerebro tan fuerte que me preguntó a qué hora debía ponerse sus zapatos. Debbie le ordenó a unos mapaches que le saltaran encima, pero Trevor sólo tuvo que sacudírselos.

Y Ninja...

... AL MENOS LO INTENTÓ.

Yo traté de dispararle mis rayos, pero no estuve ni cerca de atinarle. Y, por supuesto, un pedazo de metal reflejó un rayo y me dio de lleno en el pecho.

Las cosas no pintaban bien para nosotros. Trevor nos había derrotado a todos sin siquiera sudar. Debíamos detenerlo, ¿pero cómo? ¿Cómo una bola de defectuosos podría tener alguna oportunidad de derrotar a un superhéroe? ¿Llegamos tan lejos sólo para fracasar?

De ningún modo. No podíamos fracasar. Yo no lo iba a permitir. Trevor no podía ganar. Sin importar qué dijera, cómo actuara o lo que la gente pensara de él, no era mejor que nosotros. Era mil veces peor. Era peor que el chico que se hacía el bizco y se reía cada vez que me veía en el pasillo de la escuela, peor que los rufianes que me metían el pie durante el almuerzo, peor que los jugadores de futbol americano que me molestaban en los casilleros. Él era la peor persona que jamás hubiera conocido, y ya estaba harto de que la gente se aprovechara de mí. Ya no se lo permitiría a nadie. Mucho menos a Trevor.

Así que apreté los dientes y me paré entre Trevor y mis amigos.

CAPÍTULO
DIECISÉIS

Enfrentarme a Trevor era prácticamente un suicidio, pero tenía que proteger a mis amigos.

Trevor pensó que estaba tratando de derribarlo con mi patada, pero ése no era mi plan.

No logró terminar su frase.

Eso lo hizo enojar mucho.

Me estrujó con un abrazo de oso, y al tensar todo el aire salió disparado de mis pulmones y mis costillas casi se partieron a la mitad.

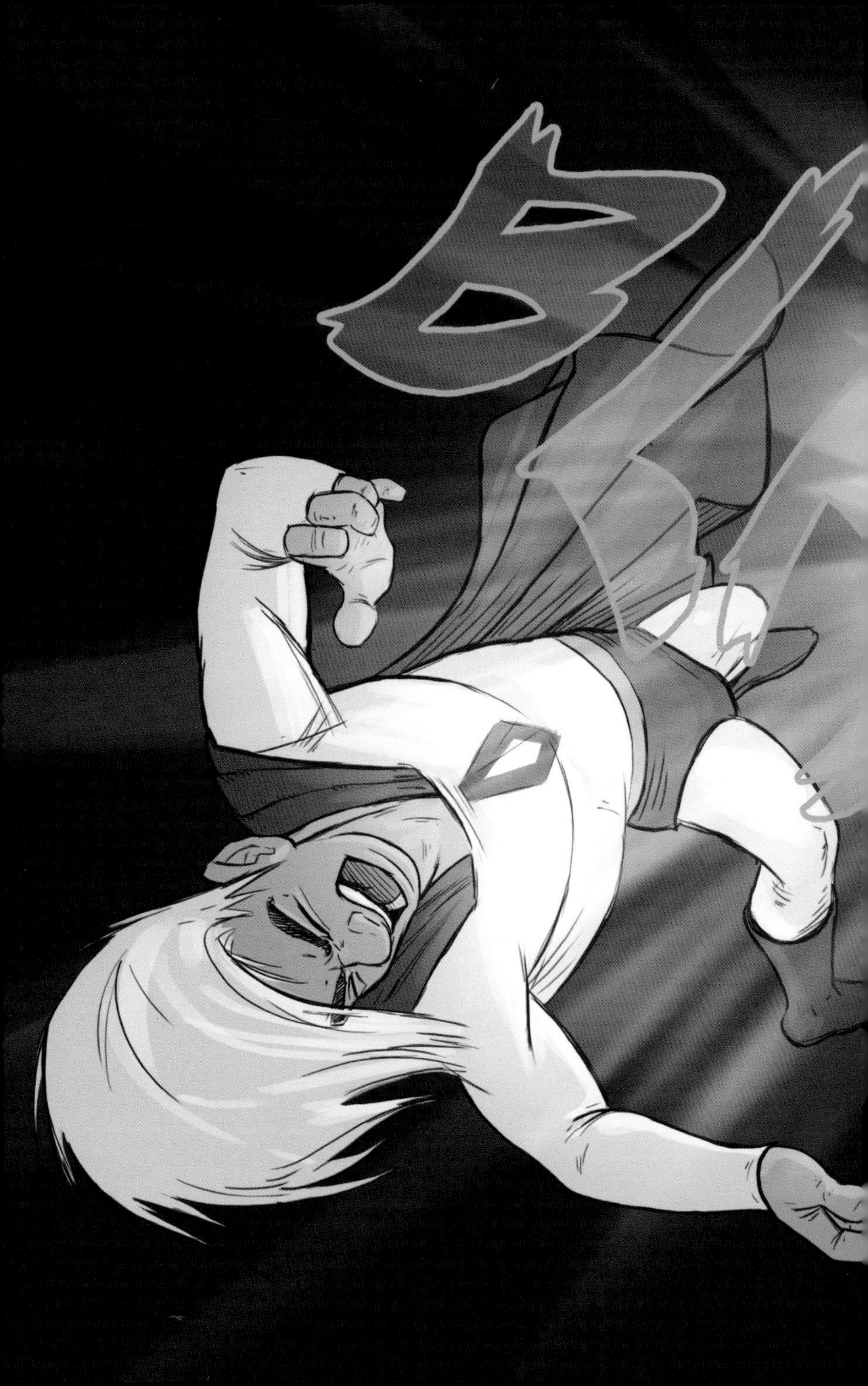

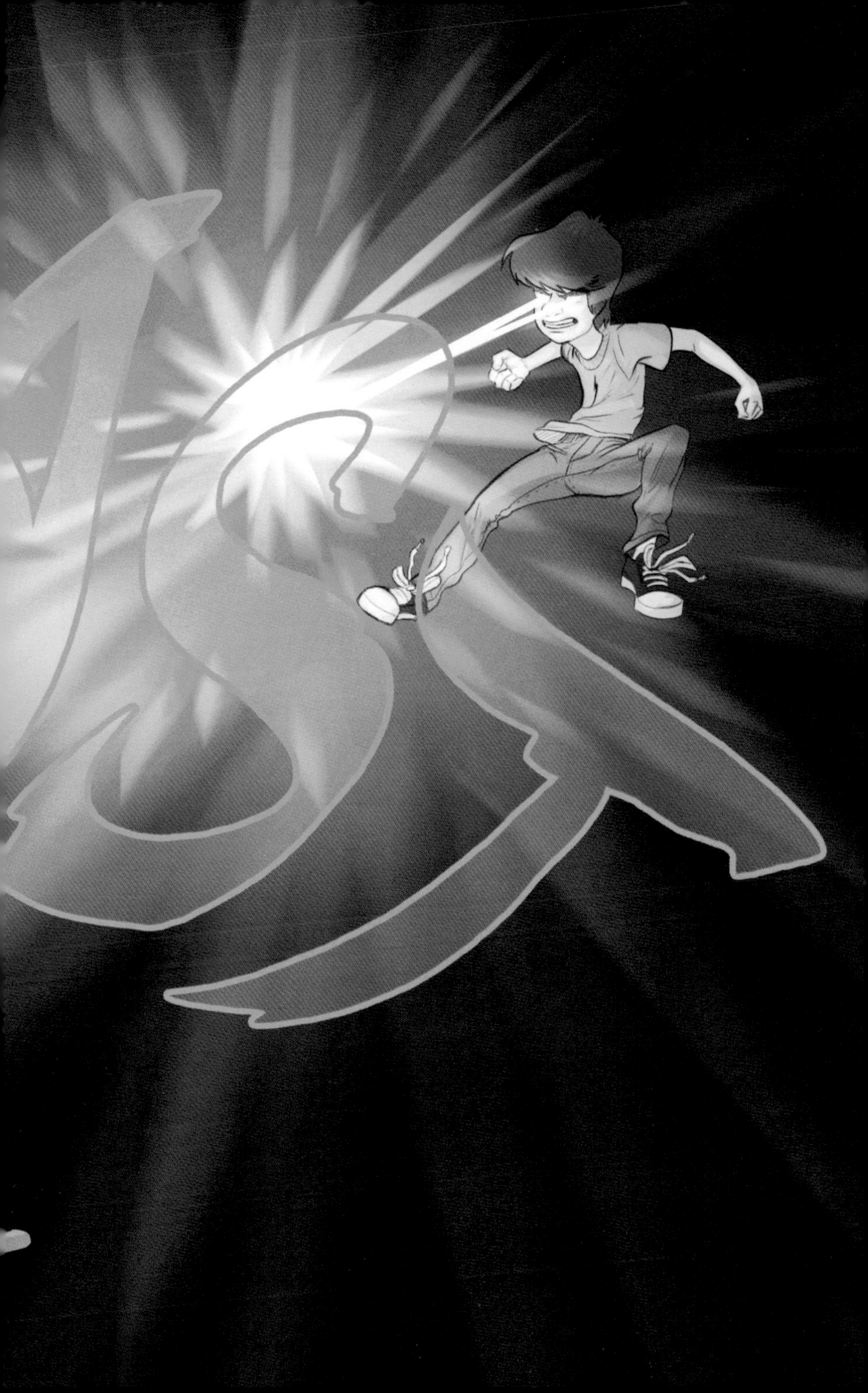

¡Ese disparo fue el más potente que había lanzado en mi vida entera, y fue un golpe directo! Le dio a Trevor tan duro que la pared con la que chocó le cayó encima.

SE ACABÓ, TREVOR

¿AH, SÍ? ¿CREES QUE DERRIBARME VA A DETENER LA BOMBA? ¡LAS RATAS TIENEN SUS ÓRDENES Y YA NO HAY FORMA DE PARARLAS!

De pronto Búho Nocturno salió de los escombros.

MIENTES.

Búho Nocturno dijo que el Hombre Sin Nombre siempre tenía una salida, y el plan de escape de Trevor de seguro sería igual. Después de todo, Trevor no querría que su falsa identidad se revelara.

Búho Nocturno tenía razón sobre la torre, pero Trevor le había dado a las ratas instrucciones muy específicas. Si se encendían las luces equivocadas, la bomba podría detonar antes.

Trevor dijo que cuando estudió al Hombre Sin Nombre, aprendió sobre su némesis, el Búho Nocturno, a quien casi destruyó perder a su compañero.

Yo no tenía idea de qué íbamos a hacer.

Pero Búho Nocturno sí.

¡Lo logramos! ¡Evitamos que el mejor equipo de superhéroes del mundo volara en pedacitos! ¡Impedimos que la bomba explotara! ¡Por fin hallamos al Hombre Sin Nombre y hasta le di a Trevor con mis rayos!

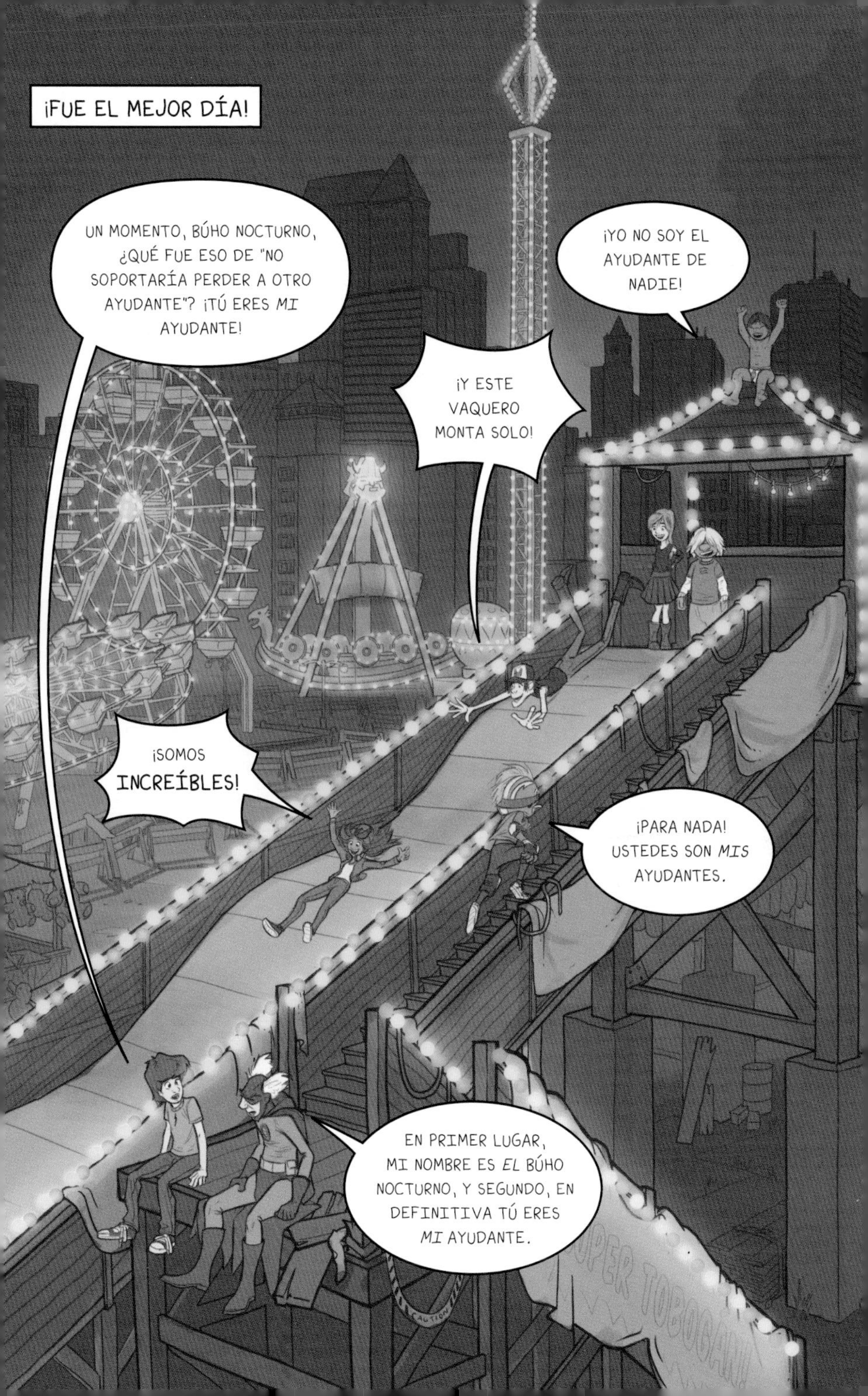

¡FUE EL MEJOR DÍA!
UN MOMENTO, BÚHO NOCTURNO, ¿QUÉ FUE ESO DE "NO SOPORTARÍA PERDER A OTRO AYUDANTE"? ¡TÚ ERES *MI* AYUDANTE!
¡YO NO SOY EL AYUDANTE DE NADIE!
¡Y ESTE VAQUERO MONTA SOLO!
¡SOMOS **INCREÍBLES**!
¡PARA NADA! USTEDES SON *MIS* AYUDANTES.
EN PRIMER LUGAR, MI NOMBRE ES *EL* BÚHO NOCTURNO, Y SEGUNDO, EN DEFINITIVA TÚ ERES *MI* AYUDANTE.

CAPÍTULO
DIECISIETE

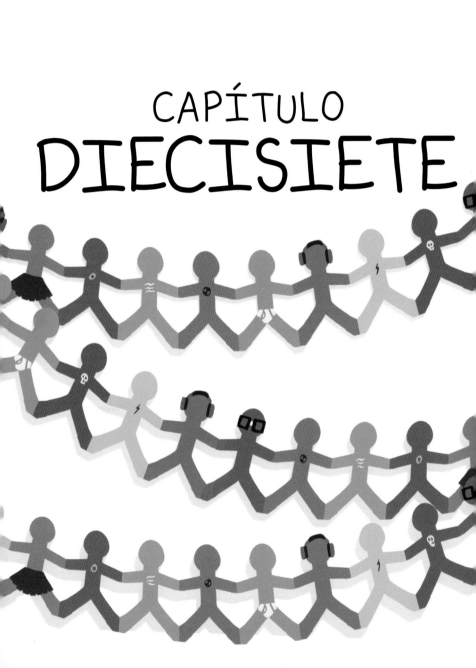

Cuando las cosas se calmaron llamé al Superequipo y arrestaron a Trevor. Incluso ellos tuvieron que admitir que hicimos un trabajo increíble.

¡Por fin éramos héroes! La inauguración de la nueva ala del Superequipo apareció en televisión, pero las cámaras nos filmaban a nosotros. ¡Estábamos en la tele! ¡Como celebridades!

Tengo que admitirlo, se sintió muy bien por fin ser el héroe.

Búho Nocturno sonrió y puso su mano en mi hombro.

Me quité las gafas, miré justo a la cámara, y dije:

EL SOL DE SUNNYVILLE

LOS DEFECTUOSOS

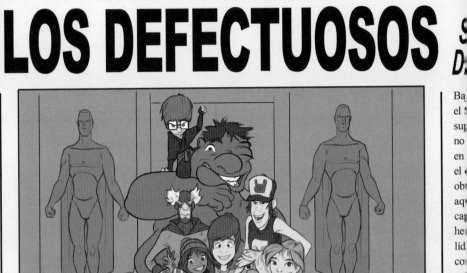

SOMOS LOS DEFECTUOSOS.

LOS NUEVOS SUPERHÉROES PERO NO TAN SÚPER

Los nuevos chicos en el barrio. Quizá tengan poderes como visión láser, supervelocidad y teletransportación, pero este equipo de héroes está muy fuera de lo ordinario. Es difícil controlar la visión láser si eres bizco. La supervelocidad

Pese a sus superpoderes defectuosos, este equipo se las arregló para arruinar un complot para eliminar al más grande equipo de superhéroes que nuestra ciudad haya conocido: el Superequipo. Así es, estos chicos con defectos salvaron al

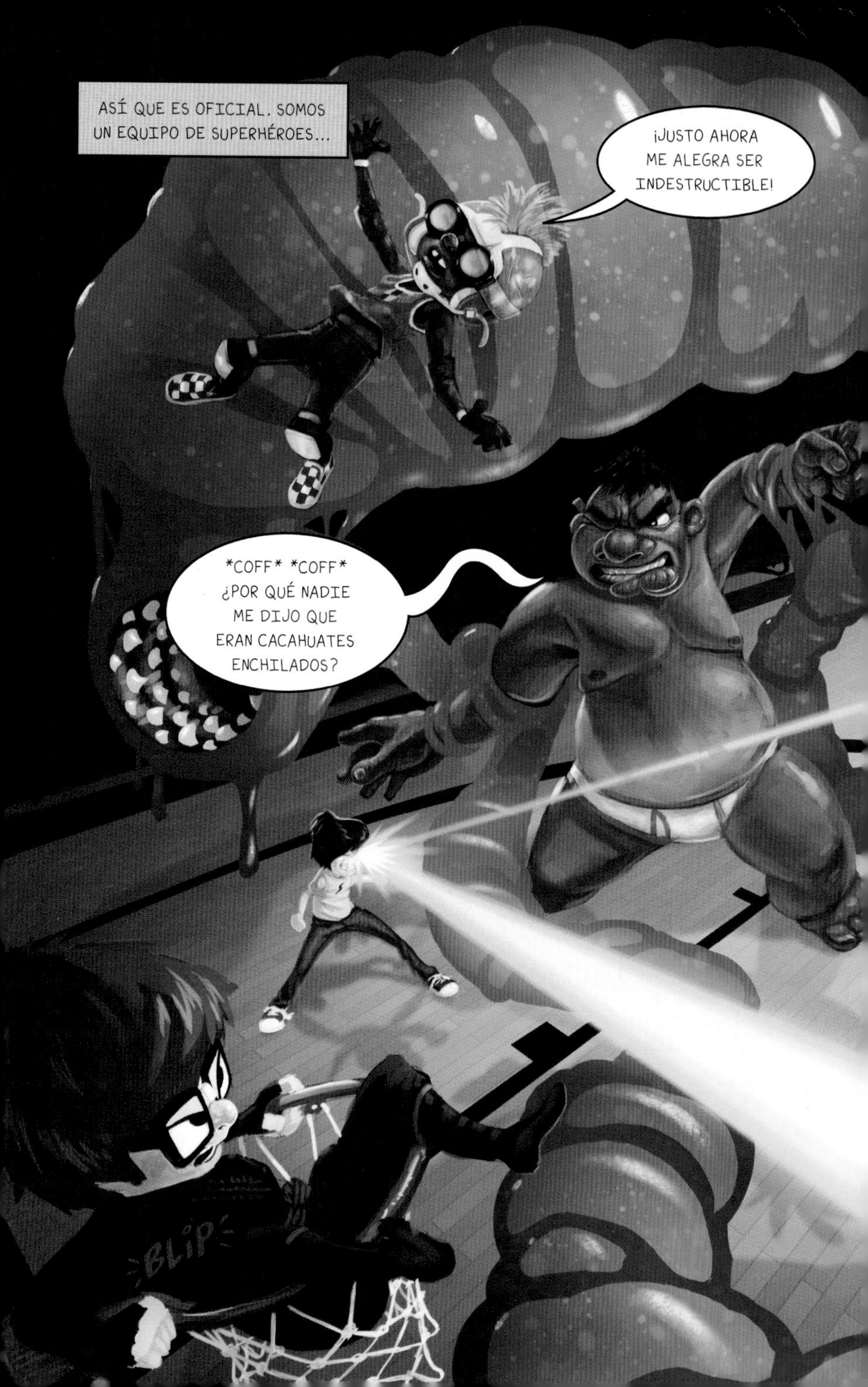
ASÍ QUE ES OFICIAL. SOMOS UN EQUIPO DE SUPERHÉROES...
¡JUSTO AHORA ME ALEGRA SER INDESTRUCTIBLE!
COFF *COFF* ¿POR QUÉ NADIE ME DIJO QUE ERAN CACAHUATES ENCHILADOS?
BLIP

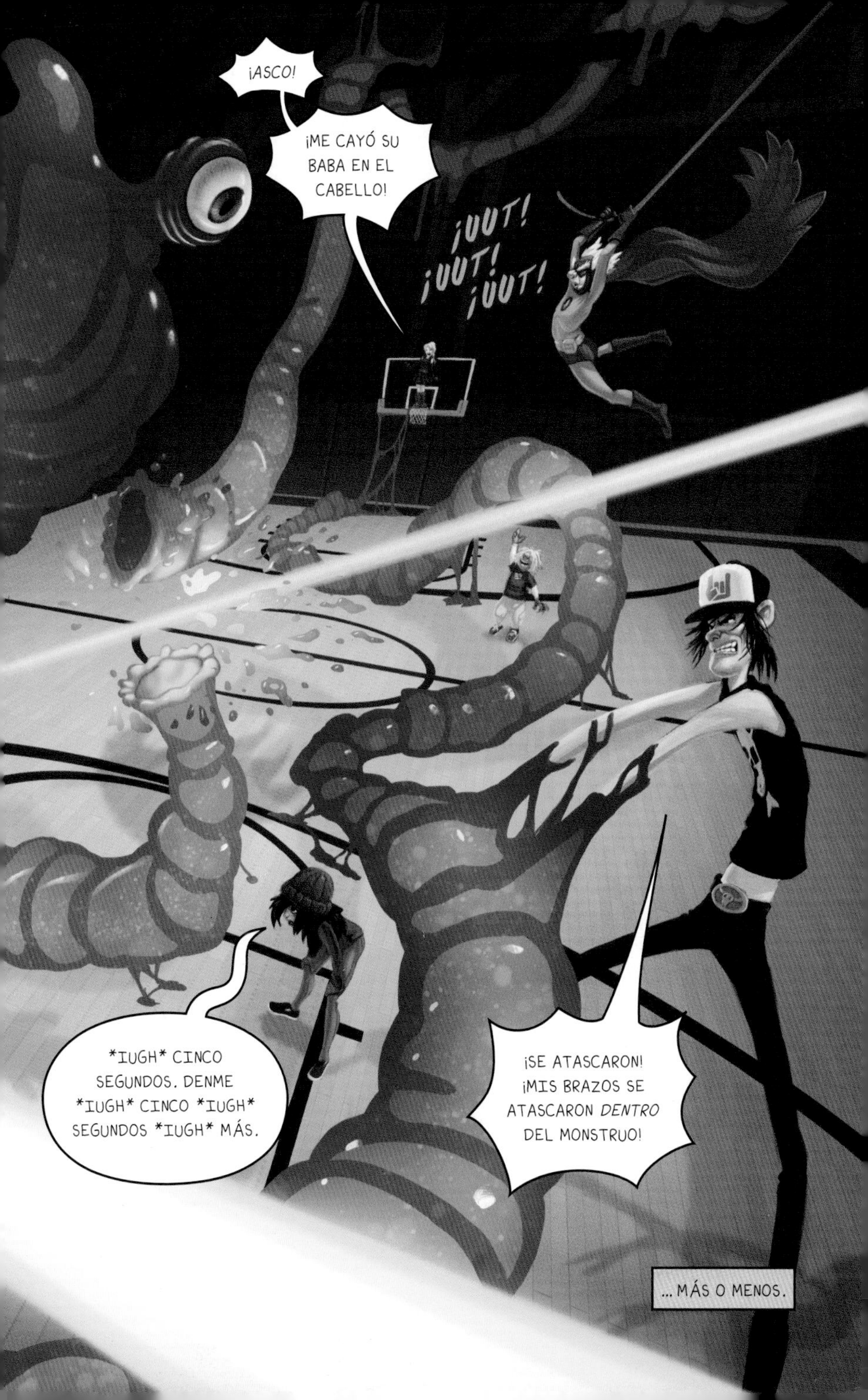
¡ASCO!
¡ME CAYÓ SU BABA EN EL CABELLO!
¡UUT! ¡UUT! ¡UUT!
IUGH CINCO SEGUNDOS. DENME *IUGH* CINCO *IUGH* SEGUNDOS *IUGH* MÁS.
¡SE ATASCARON! ¡MIS BRAZOS SE ATASCARON *DENTRO* DEL MONSTRUO!
... MÁS O MENOS.

RECONOCIMIENTOS

Le debo un agradecimiento muy especial a mi dulce, paciente y abnegada (además de hermosa) esposa. Gracias por soportar tantas noches solitarias mientras yo escribía hasta el amanecer. Incluso mientras escribo este texto, esperas a que termine sin quejarte, dando más de ti misma para apoyar mis ambiciones. Gracias por ser quien eres, por tu amor y por tu apoyo constante. Sin ti, este libro seguiría siendo un documento a medio escribir, juntando polvo digital en nuestra computadora. Gracias por darme fuerza.

Amanda Reschke ha sido fundamental para darle forma a este libro. *Superfail* no sería ni la mitad de lo que es sin su experiencia, sus habilidades y su valiosa perspectiva. Gracias por las incontables horas que pasaste trabajando en una de mis ideas descabelladas. Tu influencia puede sentirse en cada página.

No puedo terminar de expresar mi gratitud con nuestra agente y fan número uno, Clelia Gore. Rechazo tras rechazo, ella creyó en *Superfail* y lo que representa. Gracias por nunca abandonar a Marshall y sus amigos, por asegurarte de que *Superfail* encontrara un hogar aecuado y por continuar siendo nuestra campeona.

Estoy eternamente agradecido con mis increíbles y siempre leales padres por su apoyo inquebrantable y su sabiduría. Para ellos, para mis amados y comprensivos familiares y amigos, gracias por creer en mí incluso cuando yo no creía en mí mismo. Todos han tenido un papel especial para lograr que este libro y mis sueños se volvieran realidad.

—M.B.

Ash, Pen, Roo y el bebé bobo: este libro, como yo, les pertenece.

—D.M.